凡物予我词条

雪音 著

上海浦江教育出版社

图书在版编目（CIP）数据

凡物予我词条 / 雪音著 . -- 上海：上海浦江教育出版社有限公司, 2024.8. -- ISBN 978-7-81121-903-6

I. I227

中国国家版本馆 CIP 数据核字第 2024UW4211 号

FANWU YUWO CITIAO
凡物予我词条

上海浦江教育出版社出版发行

社址：上海市海港大道 1550 号　　邮政编码：201306
电话：（021）38284910（12）（发行）　38284923（总编室）　38284910（传真）
E-mail：cbs@shmtu.edu.cn　　URL：http://www.pujiangpress.com
上海盛通时代印刷有限公司印装

幅面尺寸：137 mm × 210 mm　　印张：9.875　　字数：181 千字
2024 年 8 月第 1 版　2024 年 8 月第 1 次印刷
策划编辑：黄新然　　责任编辑：蔡则齐　　封面设计：曾国铭
定价：68.00 元

多少次别离慢慢塑造了我

——里尔克

诗歌缘起

（代序）

堆满书房一角的诗集里，我的目光像鹰隼一般，落在诗集《诗歌入门》上，这名字让人误以为是一本诗歌创作指南。

这位诗人写道，在夜间开设的诗歌入门导引课程上，一位女学员说："我想学会写信。"这样的回答，自然会让有些人发笑。第二星期，她没有回来，诗人常常想起她，想起诗歌为何物？

我自然无法像有些人那样发笑，与诗人一样长久陷入沉思。久久沉默，沉默久久。

许多年前，坐在灶膛前的瘦弱女孩，推拉着风箱的小手，掀开没有封面的小书。

眼睛被火柴擦亮，点燃有些破烂的书页。

燃烧的书页。

遗失已久的物品失而复得。见到封面上的作者和名字，女孩就如拥抱久别重逢的童年。

普希金的童话诗,《渔夫与金鱼》。

童话的开头,美德总能获得报恩,如人所盼;童话的结尾,贪婪终将失去所有,事与愿违。

房间里一件件物品,一件件失去,家变回从前的一贫如洗。

女孩内心的沮丧,随着灶膛里的火苗忽明忽暗;内心的火焰,随着灶膛里的火苗越烧越旺。

火苗忽明忽暗,渐渐熄灭。许多年后,熄灭的火苗才会重新点燃。不再年轻的女人才能读懂安妮·塞克斯顿的诗句:

"对贪婪者,待以仁慈,
它们是舌间的辩护,
世上的浓汤,老鼠的星球。"

诗歌是什么
是赤裸的软体动物任人窥探
是隐晦得像无法破译的密码

诗歌很轻
是春天里的一阵微风的叹息

诗歌很重
是冬天厚雪遮盖的岩石

诗歌需要什么
需要像安妮·埃诺尔那样
毫不隐晦直陈她的写作动机

诗歌需要什么
需要像西西弗斯推石上山一样
徒劳无望却必须保持一种姿势

诗歌需要什么
也许还需像巨石一样
用滚落的姿态拒绝定位

"也许你更需谨记
小心用词
言语与鸡蛋必须小心处理
一旦损坏,就无法修复"

目 录

诗歌缘起（代序）

第一辑

春天奏鸣曲	[003]
早春的池塘	[003]
雨水	[005]
雨后	[007]
重生的诵祷	[008]
关于梅花的消息	[009]
二月的梅园	[009]
街头梅花	[011]
河流之上，河流之下	[013]
一条未曾谋面的河流	[013]
家门前的河流	[015]
初夏的夏涟河	[017]
一条雌性的河流	[019]

春分，路过桃林路　　　　　　　　　　[022]

初秋的早晨　　　　　　　　　　　　　[024]

初冬的湖面　　　　　　　　　　　　　[025]

花卉之歌　　　　　　　　　　　　　　[026]

　　之一　快红　　　　　　　　　　　[026]

　　之二　玛丽玫瑰　　　　　　　　　[027]

　　之三　白木绣球　　　　　　　　　[029]

　　之四　山茶花　　　　　　　　　　[030]

　　之五　石楠　　　　　　　　　　　[031]

　　之六　紫藤　　　　　　　　　　　[032]

　　之七　木笔花　　　　　　　　　　[033]

白鹅的呼叫与回声　　　　　　　　　　[034]

你该如何对一对兔子喊叫　　　　　　　[036]

黑猫　　　　　　　　　　　　　　　　[040]

人鼠之间　　　　　　　　　　　　　　[042]

公路上撒满笑弯腰的糖果　　　　　　　[044]

有关麦田与麦子的一切　　　　　　　　[046]

口袋里的"婴儿"　　　　　　　　　　　[049]

植物的尖叫　　　　　　　　　　　　　[051]

　黑色浆果　　　　　　　　　　　　　[051]

　豌豆　　　　　　　　　　　　　　　[053]

　西瓜　　　　　　　　　　　　　　　[055]

哑南瓜花　　　　　　　　　　[057]
　　茅针　　　　　　　　　　　　[059]

夹竹桃　　　　　　　　　　　　　[061]

野莴苣　　　　　　　　　　　　　[063]

野苹果　　　　　　　　　　　　　[065]

喷雪花及其他　　　　　　　　　　[067]

微风与白杨的知己　　　　　　　　[069]

来自七月郊野的短句　　　　　　　[071]

完成与未完成　　　　　　　　　　[073]
　　春野茶会——答谢春天　　　　[073]
　　"如花在野"　　　　　　　　　[075]

郊游记　　　　　　　　　　　　　[077]
　　果园记　　　　　　　　　　　[077]
　　公路记　　　　　　　　　　　[079]
　　水鸟记　　　　　　　　　　　[080]
　　喜鹊记　　　　　　　　　　　[081]
　　荠菜记　　　　　　　　　　　[082]

古镇记　　　　　　　　　　　　　[083]

蝴蝶钥匙扣　　　　　　　　　　　[086]

雌蝉　　　　　　　　　　　　　　[088]

谁带走了《乌鸦是美丽的》　　　　[090]

风干的甜更甜吗　　　　　　　　　[092]

生活的旗帜　　　　　　　　　　　　[094]
　　衣服是一面面旗帜　　　　　　　[094]
　　晾晒衣服的男人　　　　　　　　[096]
　　初夏的"双推磨"　　　　　　　[098]
　　对面的阳台　　　　　　　　　　[099]
　　午休絮语　　　　　　　　　　　[100]
　　薄暮时分　　　　　　　　　　　[101]
　　黑色工装裤　　　　　　　　　　[103]
秋天，以不可思议的方式馈赠你　　　[104]
浪漫的手掌　　　　　　　　　　　　[106]
下元节的夜晚　　　　　　　　　　　[108]
天平与砝码　　　　　　　　　　　　[110]
笔与铁镇纸　　　　　　　　　　　　[111]
地铁车窗里的人　　　　　　　　　　[113]
在天文主题公园　　　　　　　　　　[114]
钢铁与花朵　　　　　　　　　　　　[116]
船舶高高举起幸福的手帕　　　　　　[117]
梦，正写与反写　　　　　　　　　　[119]
打水漂的智慧　　　　　　　　　　　[121]
多重的逃逸　　　　　　　　　　　　[123]
智慧湖畔　　　　　　　　　　　　　[125]

第二辑

方舟	[129]
抽掉一个字	[131]
最想忘记的那一棵——苦楝树	[132]
回望是一件多么可耻的事情	[135]
霜	[137]
大脚梅姨的小脚粽	[139]
滑滑梯	[141]
刺伤的手,该如何触碰?	[143]
鹁鸪在呼叫	[148]
请原谅南方	[150]
水泥灰	[153]
"珍珠米"	[155]
仅仅是酒的问题吗?	[157]
面包与盐	[161]
父亲的山歌	[164]
小城之春	[167]
慈姑	[171]
金姑娘	[173]
棉花姐妹	[175]
樱花树下	[177]

姓氏与名字，哪个重要 [179]

两匹马的忧伤 [183]

露台上的向日葵 [185]

两双靴子的对话 [189]

蓝桥断想 [192]

"电台"咖啡馆 [194]

耦园双照楼的下午茶 [196]

舞鞋，两双或者三双 [200]

瓦楞草上的雪 [203]

玛丽珍鞋 [205]

"液态"回叙 [207]

有关汉口路的记忆 [210]

走过某条街道，你们会回忆什么 [216]

淡水路备忘录 [223]

漫步在这片区域 [230]

燕舞广场的粉红汉堡店 [233]

苏绣《踹跶》——致敬绣画家们 [235]

未完成的诗人形象——致宋清如女士 [238]

第三辑

迟到的阅读：《青春咖啡馆》 [243]

帕斯卡·基尼亚尔的《音乐之恨》	[245]
谁害怕弗吉尼亚·伍尔芙	[247]
身份不明的女人	[249]
契诃夫的弧线	[251]
之一《海鸥》	[251]
之二《没有父亲的人》	[254]
螺旋桨茶几	[255]
微物之神——洛伊啊洛伊	[257]
另一些肖像	[259]
肖像之一 黑铁梅	[259]
肖像之二 布里亚特男孩	[263]
肖像之三 马达加斯加的座头鲸	[266]
肖像之四 印度女子	[268]
致西贡妈妈——玛格丽特·杜拉斯	[270]
"烟花"台风	[273]
铁锈色地带的"关键像素"	[275]
又见棕榈，又见棕榈	[277]
虚拟的旅程和礼物——致帕蒂·史密斯	[280]
复录是枝裕和的某些瞬间	[283]
阿巴多的四十秒静默	[285]
早春——致佩内洛普·菲茨杰拉德	[286]
请随身携带你的"灵魂布袋"	[289]

亲爱的，亲爱的生活　　　　　　　　[291]

致切斯拉夫·米沃什　　　　　　　　[293]

读 W·S·默温《黑板》及其他　　　　[294]

读奥尔罕·帕慕克《纯真物件》有感　[296]

镜中瑕疵（代跋）　　　　　　　　　[298]

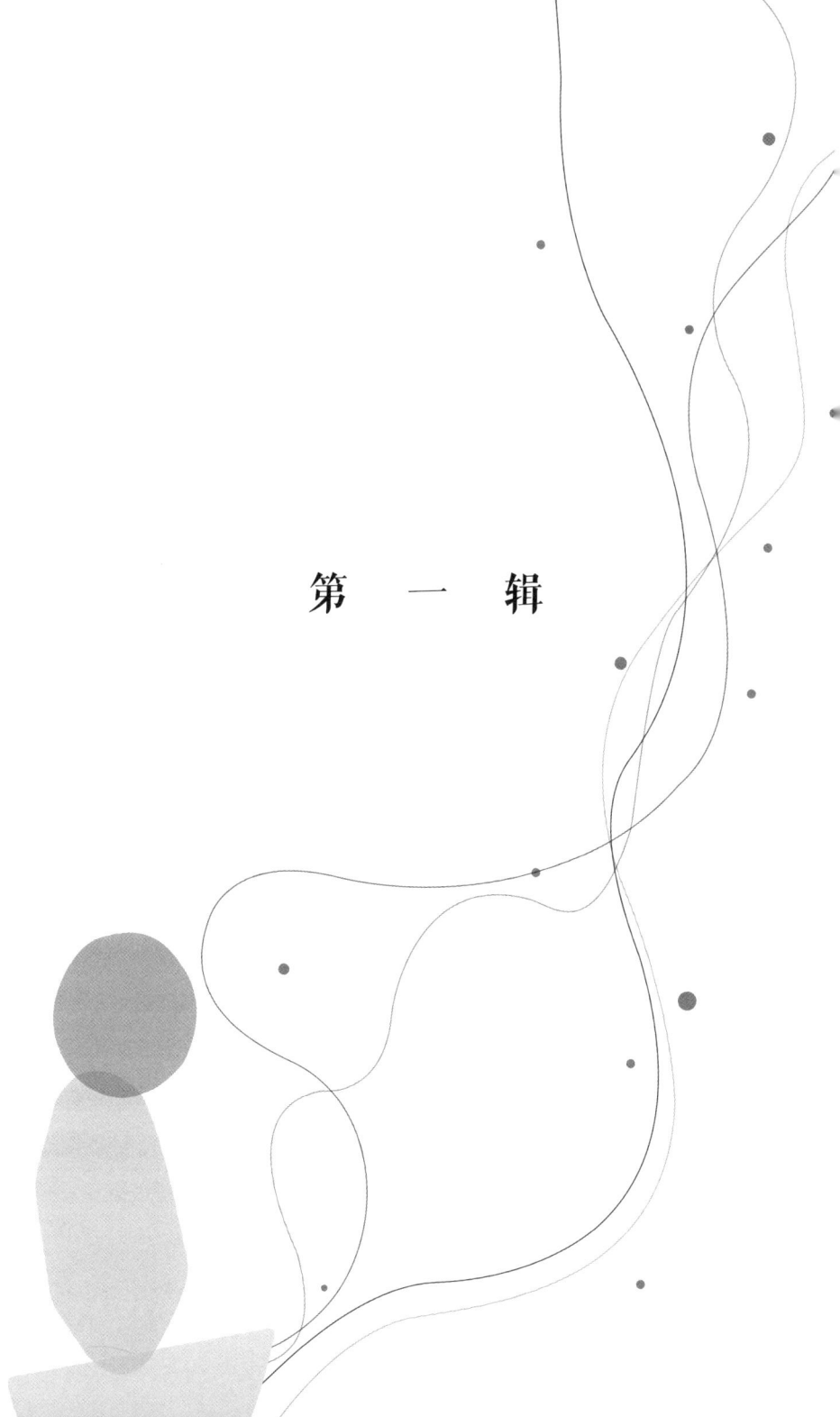

第 一 辑

春天奏鸣曲

早春的池塘

冬眠的水草开始伸展
沾满水垢的叶片
蛰伏了一个冬天的慵懒
多么需要温度和光照
唤醒它们自由的招摇

水草的睡眼惺忪里
蝌蚪完成生命孕育
河水的波纹荡漾成五线谱
黑色的蝌蚪游动成音符
水声鸟声交织成天籁
天空云朵是最佳观众
倾倒于水面聆听

观察者，时而清醒时而糊涂

很难分辨那些黑色的蝌蚪

哪些会变成青蛙

哪些会变成蛤蟆

青蛙王子

癞蛤蟆想吃天鹅肉

如此称谓

如此谚语

观察者紧蹙的眉头

如音符中的一个不协和音

雨水

醒来的人儿啊
请你告诉我
同样是天上的雨水
落在心上
是忧伤的慢板
还是欢快的奏鸣曲

醒来的人儿啊
请你告诉我
同样是天上的雨水
落在树冠与屋顶
是捎带早春的甜蜜
还是残冬的苦涩

醒来的人儿啊
请你告诉我
你喜欢李清照
梧桐更兼细雨的点点滴滴
还是喜欢聂鲁达
雨中静止火车的忧伤

雨水啊雨水

请你告诉我

梦里的雨水

白昼的雨水

是否下得同样

绵柔或者狂暴

雨水啊雨水

请你告诉我

从天空降落大地

一路上

你们交谈了什么

雨水啊雨水

请你告诉我

从云端奔赴凡尘

你们是否曾闪过一丝

中断的念头

雨后

万物清新
如创世纪时的模样
杉枝上的叶片
如新生婴儿的眼睫毛
黑鹂在杉枝上灵巧跳跃
你和它彼此张望
你撅起嘴唇与舌头
却无法吹出它那样动人的语言

老樟叶打量
簇新的嫩樟叶
以最美的颜色
落下欣慰和祝福
有多少告别的话
都化成亭盖上
细碎的小花
密密匝匝
絮絮叨叨
没完没了

重生的诵祷

杉叶如婴儿的睫毛一样重生
红冠水鸡与丰美的水草一起重生
鸥鹭在张开的羽翼中重生
落霞在分秒的瞬息中重生

reborn, reborn, reborn
重生,重生,重生

卷舌抵颚,双唇微凸闭合张开
调整发音的重音 born
像接生时调整微妙的手势
像娇嫩的婴儿落下母体的声音
像爆米机里晶莹的米粒
拧开盖子,嘭—born—的一声
万物重生—Reborn
世界重生—Reborn

万物在一遍遍诵祷中重生
世界在一遍遍诵祷中重生

关于梅花的消息

二月的梅园

你终于学会了如何省略
某些不必要的情绪波动
像石头沉入河底
终会与当初的波浪断联

你关心梅花的消息
胜过男人们关心战争
你像掌管时令的羲和
迫不及待降临早春的梅园

小画眉们晕染了
薄薄一层的腊梅黄
纤细的爪子如婴儿粉嫩的脚丫
紧扣刚发新芽的梅梢
万物新鲜一如它们的新羽新啼

喜上梅梢,喜上眉梢
你被寒冬冻结的舌头
仿佛新按了雀舌连连呢喃

二月的春风听见你
埋怨自己的手速
嗔怪画眉的飞速
如何精确逮住雀跃枝头的一瞬

朱砂梅轻启朱唇,欲言又止
宽宥了你这般虔诚的轻慢
有些动人的刹那之美
仰仗的难道是人类之手

你如何复刻许多年前的刹那
野地里一朵山茶花的娇嫩
寺前路上一树梨花的烂漫

街头梅花

第一次路过这条街
瞥见马路边的这片梅花
定会惊叹城市的街角
居然弥漫如此粉红的氤氲

一尊小小的雕塑
一男一女的舞姿
曼妙如梅影婆娑
伊甸园里的亚当和夏娃
永不被诱惑也永不被驱逐

掩映在梅花背后
那条小街上的某些女郎
如街头梅花一样粉艳
同样的粉艳
如何与梅花相提并论

如露珠消失在晨光之中
如蝴蝶回到黑暗的蛹中

她们的飘零

轻得不如一朵梅花的分量

她们的消失

不如梅花消逝得令人神伤

梅林下不会消失

低头缝纫的女子

低头修鞋的师傅

她／他们粗糙褐色的手

如这片梅树上形态各异的枝桠

如这片梅林里的鸟儿

梅枝上筑起鸟巢

她／他们托起自己的家

如果你抬起头

定会看到那些鸟巢

有些斑驳破旧的家园

风霜雨雪吹不落

河流之上,河流之下

一条未曾谋面的河流

世界上有那么多大江大海
你血管里奔流起伏的
却是那些不起眼的河流
与你血脉相连的
只有寥寥可数的几条
那条父母辈口中的河流
你迟迟没有与它见面

虚幻的想象维持着
你对一条河流的热情
流失的时间堆积成
河床上的淤泥
像你的静脉炎一样肿胀
时时刻刻隐隐作痛

洁净与污秽

欢乐与痛苦

涨与落　起与伏

爱与恨　生与死

世间万事万物的奥秘

是否都流淌在

条条河流之上

条条河流之下

家门前的河流

当人们无法像捞起
螺蛳河蚌螃蟹那样
捞起落水的孩子
水鬼游荡的河底
泛起一种怪异的气味

母亲凝重的皱纹
无法荡漾成河面的涟漪
乱下一层层锅灰
直到锅底发亮

一圈圈洒在河岸
锅灰漆黑的法力如何
驱走黑夜的恐惧
死亡的阴影拉扯你
紧紧拽住床沿的小手

你的河流里总有一部分缺失
母亲很少高兴地提起
你不想了解的父亲

"他抓到一条野生白鱼
足足有一斤多重!"

空气中漂浮的语气
鱼的重量明显超越
父亲的那份重量

你故意略过吹着口哨
盯着河面钓竿的男人
揉捏鱼饵的指头
也许为妻儿揉捏过面团
诱饵落下河面
像雄心落下大海

能否把跟悲伤相关的事物
像巨石沉入河底再不泛起

在一条河边出生
在另一条河边安身
生命是否就是神秘的循环

初夏的夏涟河

只需像乌鸫或者白鹭
站在河岸安静聆听
初夏的风柔软
弹拨河面的竖琴

水面钻出荷叶的小脸
天真无邪地亲昵
滚进荷叶的水珠
摇篮里翻来覆去的婴儿
滚动扑闪明亮的眼睛
清澈的灵魂碰撞清澈

眼巴巴看着狐尾藻
头顶一颗颗水钻
无论如何小心翼翼
也无法像光线一样
接收所有闪亮的馈赠

慈姑的小花苍白
把一切的滋养输送根茎

需要怎样的慈悲
才有如此丰富的给予

倒映在水中的楼群
抽象派的几何方块
试图把水中的一切
游鱼、水草、云朵、苔藓
装满它的空间

一只浮在石块间的蚌
蚌壳微微翕动
一小片柔软的身体
试探着初夏的水温
坦然自在的模样
毫不理会人类的目光
延申的联想、隐喻

五月的夏涟河
为你敞开一切
只有在这样的时刻
才能理解汉语造词的奥妙
坦荡，坦坦荡荡

一条雌性的河流

四季的风吹来河流的味道
"月亮河"独有的气味
水草与水禽的混合水汽
诱引我灵敏如小狗的嗅觉
牵引我不再轻盈的脚步

漫步在"月亮河"畔
看三五成群的女人们
弯腰捡拾散落河岸的红叶李子
珍珠般的牙齿咬一口
酸甜的滋味蔓延到牙根
看蹲伏在河边的男人们
甩出长长鱼线的姿势
仿佛甩出曾经的万丈雄心
看甜蜜的恋人们
趴在河岸草丛边
自由不羁的青春
如春风摇曳的山桃草

喜欢微风拂过的河面

波浪荡漾成女人们飞扬的长发
喜欢坐在蒲草与芦苇旁的安然
聆听交汇的河流与河流谈心
"月亮河"的声音
如小提琴协奏曲
如铿锵的玫瑰绵柔而有力

我愿意化作
游弋在河心的一条水草或者鱼儿
伫立在河堤的一棵乌桕或者银杏
伴着霞光与月光一起静静聆听
这条河流里流淌的所有密语

请不要忘记
河床下掩埋的珍宝
犹如河蚌里的珍珠
她们踩下的无数脚印
她们柔弱肩头上印刻的伤痛
她们发辫上遗落的蝴蝶结
系着她们暗涌的悸动和渴望

请不要忘记

流淌在河流里的水中之水
是她们抬头仰望女娲补过的天空时
流下的忧伤和欢乐之水
两滴永不干涸的永恒之水

"月亮河",一条雌性的河流
像女人温柔的臂弯
揽进春天里呢喃的和风细雨
拥抱夏日里盛放的五彩缤纷
像女人宽厚的胸怀
接纳秋天的果实与萧瑟
承载冬天的寒冷与寂寥

"月亮河"
带着她独有的印记
与无数的河流交汇
如刚柔并济的男人与女人
一起挽手向前奔涌
奔向更加波澜壮阔的大江大海

春分,路过桃林路

所有熟悉的旧物都已新桃换旧符
只有桃花依然是诗经里的吟咏
桃之夭夭,灼灼其华
只有桃花依然是崔护的惆怅
人面不知何处去,桃花依旧笑春风
只有桃花依然是五柳先生的幻想
不知有汉无论魏晋的世外桃源

春鸟的婉转拨动时间的指针
春天的脚步踏入春分
春季平分昼夜平分
左脑右脑大脑平分
白昼黑夜应该均等
春分的桃花应该平分

桃林路上的小图书馆
一处漂流的"桃花源"

真实与虚构模糊界限
《燃烧的地图》
《不存在的骑士》
翻动纸张的声音
像桃花流水潺潺

像飘散的蒲公英重聚大地
像鮰鱼洄游到熟悉的河流

暗淡的火焰能否再次点燃
消失的梦幻能否慢慢找回

初秋的早晨

野鸽子翩然而至
收拢灰白的裙裾
端坐在杉树枝上
细长的尾巴
如调皮的魔法师
让一根树枝刹那
又变出了一根

初秋的早晨何止
种田山火头的俳句
"天微亮,推窗见叶青。"

初冬的湖面

初冬湖面上的野鸭
演绎汉语的精妙
三五成群,三五成群

白鹭从远处拍翅而来
仿佛携着仓颉的密令
见证某个词语的由来

语言像水面的浮萍
无法落地生根
请河神召唤

缪斯女神啊
请坐上金黄的落日
缓缓降临此刻的凡间

花卉之歌

之一　快红

有太多的名字倒不如"快红"
像年轻的张爱玲
毫不掩饰的直白

大部分的花
喑哑在花穗里
甚至不知道自己的颜色

轻轻地聚拢弯曲的枝茎
像溺水者努力挣扎
浮出水面的手臂

轻轻地抓起她们
就如握住濒临死亡
虚弱的手势

之二　玛丽玫瑰

粉色的花苞紧闭
窒息失血的嘴唇
就像要存心刁难你
几十年的疏忽怠慢

是否有些懊恼
选择了粉色
是否应该掰开
她们的花瓣
假装盛放的样子

或者像一位温柔的母亲
轻轻吹气
像吹着唇边滚烫的粥
为了婴儿娇嫩的嘴唇

轻与重，繁与简
能否像插花师一样
剪刀起落，话音就落
"美就是这么简单"

你总是举棋不定

就像这首诗

是否应该

留下这一句

头颈折断的那朵

像断头台的玛丽

之三　白木绣球

它面色凝重

你仰脸凝视

多么想接住它

抛下的沉重问题

为空白的色彩

为虚无的回答

你和它

互道歉意

之四　山茶花

看过多少山茶花
惊鸿一瞥始于这一朵

终于懂得可可小姐
为何钟情于此花

无法言语的花把灵魂
托寄给钟情她的人

多少人迷恋你真实的容颜
多少人膜拜你仿真的符号

你为一朵花
长叹，两声

红色坠落得如此浓烈
白色凋零得如此纯洁

之五　石楠

荷尔蒙爆棚的结果

就是被修剪工剪下

唐玄宗笔下的"端正花"

不端正的气味

花，仿佛总与女人连在一起

陈词滥调了几千年

石楠终于爆发了

它们的反叛

之六　紫藤

也许你可以错过
四月的紫藤花
但千万别错过
秋天薄暮里的紫藤枝条

无法用语言描述
它们的线条
秋风代替我的手
轻轻摇曳问候
横逸曼妙的枝条
让多少人埋首纸上
描摹数不清的光阴

之七 木笔花

经过多少别离和寻找

时间才会递给我们

宽厚仁慈的手掌

草地柔软我们的肉身与灵魂

每一朵木笔花虔敬祈祷

次第开放妙笔生花

白鹅的呼叫与回声

> 你的动植物词典里
> 本没有主次之分
> 可是它们无法同时出现在词典里
> ——题记

此刻的河面波澜不惊
宽容接纳所有的离别和失去
飞鸟掠过水面的影子
鹅群消失的"咕咕"声

再也看不到"网红鹅"
曾被宠溺拉长的脖颈
仿若天鹅颈的骄傲

有些消失复活
另一些重生

骑在鹅背上的尼尔斯呼叫
来自森林的大江健三郎的回声
"妈妈,爸爸,我长大了,我又回到了人间!"
叫声重叠着回声

有些欢乐是漂浮河面的羽毛
有些悲伤是扎进肌肤的羽管

时间如掸子
拂拭记忆的灰尘蛛网
时间如明矾
沉淀世俗的混浊杂质

试着面对那些悲伤的白鹅
学会欢乐的呼叫和回声

你该如何对一对兔子喊叫

"沉默的记忆已经不认识你
你的身影是永恒的烧伤"

——题记

搬回一盆兔耳花
像粉艳的兔子女郎
拥挤在阳台一角

顶在细长花茎上的花苞
如伸长脖颈的天鹅
如尊贵的仙客屈尊而来

嫦娥玉兔耳朵里的一粒种子
一生二,二生三
开出无数的兔耳花
轻轻抚摸花瓣
凉薄的手感

渐渐，渐渐
转化成温暖的肉感
花瓣柔软如长毛兔的耳朵

花苞中的一根细刺
刺中包裹的疼痛

本应是天上的精灵
却落入凡间

每一次推开家门
无法掩上的难堪
为门背后的窝
更为我们的窝

像小闺蜜的闺房
是否不应该在
羊圈的一墙之隔

有些气味带来一生
难以消除的难堪

柔软细长的兔毛
两道跳动的白光
圆圆萌萌的眼睛
血红宝石的光芒
照亮灰暗的客堂
照亮眉间的乌云

母亲的剪刀利落
兔子剃度成尼姑
我的眼睛如兔眼
仿佛亲眼看着
自己的孩子出家

肥美的青草滋养它们
越发柔顺的皮毛之下
无法窥见不再温顺的脾性
蓄长柔顺的毛发
只为决意的出走

墙根下打通的洞穴
一墙之隔的浴缸灶肚
另一个秘密之窝

就像有位诗人说
诗歌的原点
就是背叛和冒险

有些动物
注定无法满足
安于一隅

你该如何对着一对兔子
大声叫喊:"别跑!""快跑!"
我该如何保存或者忘却
"冒烟的焦油和余味"

黑猫

清晨,红色的健步道旁
一只黑猫盘踞在树根边
灵敏警觉的猫眼
荧光黄的眼底
如暗夜的萤火虫
两团紧追的磷火

饲养的那只黑猫
穿越时间的黑洞
幽灵般蹲伏于此
彼此认出了彼此
不曾改变的眼睛

黑猫并不知道
它作为一种偏方
而不是宠物
来到主人的家

它以各种惹人怜爱的姿态
换取一些鱼骨和残羹冷炙
与主人一起嬉戏旧毛线团
用尖利的爪子试穿新纳的鞋底
用柔软的肉身如鳗鱼
绕住主人的脚踝

全神贯注舔舐残缺的碗沿
心满意足地眯起眼睛打盹
它毫无防备的呼噜声
惊醒主人的某种梦魇

黑猫"莫名"不知所踪
无法明说的各怀心事
母亲叹了口气
我也松了口气

一只"走失"的黑猫
救赎我们彼此
如果真的吞下这黑色的偏方
我们的灵魂如何返归
纯白或者纯红

人鼠之间

"老鼠因为自己的尾巴而不停盘旋
最后它直接缩起来睡觉"
罗伯特·勃莱在《要很长时间》里如此说。

两只壮硕的老鼠,尾巴夹在一张竹床——父亲灵床的缝隙里。
长长的鼠尾在扭动,"吱吱吱吱"——疼痛的呼叫。

"别怕,人还怕老鼠?"

母亲拽住鼠尾
记忆凝固形象

要很长时间,很长时间
别怕,只是老鼠
要很长时间,很长时间
我才能提起属鼠的父亲

不再那么害怕动物的尾巴
但植物的尾巴更讨人喜欢
野地里摇曳的狗尾巴草
是一千只小狗在夏风中欢叫

紫穗鼠尾草、庭院鼠尾草、普通鼠尾草
唇形科吐出的名字平易近人
拉丁文名字吐出"净化"

人的尾巴何时丢失
仿佛与科学隔着
一条老鼠尾巴的距离
这样的解释似乎并不科学
"跳跃基因"
In the middle of nowhere
荒芜之境

公路上撒满笑弯腰的糖果

是一条杉树参天的公路
是一条通向大海的公路
明明可以连接天空、海浪
连接无边无际的浪漫幻想
你的连接总是那些你珍视
却微不足道的东西

通向远方的村边公路
充满细如碎石的回忆

珍藏的糖纸包裹
糖果大小的石子
随意撒落公路边
不落人为的痕迹
恶作剧的玩笑
令人信以为真

看着过路人弯腰
拾起糖果的刹那
我们笑弯了蛮腰
像颗大大的软糖

多么希望捡拾者
还有后来的我们
捡起、打开生活这颗
糖纸包裹碎石子的糖果
像当初恶作剧的我们
笑弯有些僵硬的粗腰
像一颗大大的硬糖果

笑弯蛮腰，笑弯粗腰
像面对一颗真正的
大大的软软的糖果

有关麦田与麦子的一切

朋友圈里麦子熟了

我却无法像浪漫诗人一样抒情

有的人喜欢想象

与有关麦子的浪漫

比如风吹麦浪

月光下的麦田

拣麦穗的女孩

麦田里的守望者

如果你觉得浪漫

那是因为你不是那个

用细小的牙齿咬住月光

使劲嗑麦的孩子

如果你觉得浪漫

那是因为你不是那个

孤独蹲在田埂上
与黑麦穗玩游戏的孩子

如果你觉得浪漫
那是因为你不是那个
脚板踩过麦茬
麦芒刺破指腹的孩子

如果你觉得浪漫
那是因为你不是那个
手执一面铜锣和小锤
和着麦浪吆喝
驱赶麻雀的"稻草人"孩子

如果你觉得浪漫
那是因为你不知道
有关麦田以及麦子的一切
我知道的与你不同

记忆翻滚风中的麦浪
黑色的芒尖突兀于金色
时间之箭击中

错过抽穗时令的黑穗

芒刺在身,芒刺在身

口袋里的"婴儿"

从口袋里掏出
茅针、野豌豆、无患子果
樟树叶、野鸽子羽毛
口袋早已风干了它们

茅针打开紧闭的心尖
吐出毛茸茸的花絮
羽毛温顺接受脱落的命运
无患子果的褶皱更慈祥了
樟树叶变色前留存
甲骨文般的文字
我却无法解读这些谜语
是虫子写给叶子的情书
是它们倾吐的最后遗言

我多么想掏出一点
比这些更有用的东西

哦,有用,有用,有用
无患子果是环保的清洁剂
果核是无量菩提果

在这样的年龄
就这样鼓腹而游
复归了婴儿

植物的尖叫

以色列科学家研究发现,植物在被人切去茎部时发出20~2000赫兹的尖叫声,因为频率太高以至于人类听不见。

> 需要多少年
> 你才能把草上的露珠
> 不再看作植物的眼泪
> 草的指尖上
> 栖息着无数的星辰
>
> ——题记

黑色浆果

你总是小心翼翼绕过
黑色的浆果
你害怕听到它们爆浆的声音
黑色的汁液粘稠在沥青路面
像破裂的血管流出黑色的黏液

"啪啪"
浆果掉落你的脖颈
"啪啪"
冰凉咬住你的咽喉

你习惯收藏它们的手
突然变成炸裂鼓手

浆果在指尖裂开
一张多汁的小嘴唇
小小的浆果子
一颗颗子弹飞出

碾碎它,踩爆它
碾碎踩爆
你血管中黏稠的黑色部分

踩住阴影之尾
仰面抬起头
那么多蓬勃之花
开在灿烂的途中

豌豆

童话里的那个豌豆公主
肉体的触觉如此敏感
隔着层层叠叠的床垫
感知一粒小小豌豆的膈应
你蔑视这种异常的敏感
高贵,娇嫩,纤细

田垄四周的豌豆花
就像女人手中的方巾
绣出了粉白与粉紫的花朵
惊讶如此不同的颜色
却结出如此相同的豆荚

母亲轻轻蹲下
一边摘下饱满
一边嫌弃干瘪
就像她不经意间
裸露的乳房
一边饱满,一边干瘪

剥开圆鼓鼓的豆荚
躺着三颗、四颗，甚至五六颗
有些豌豆如母亲
那只凹陷的乳头
无法满足我们的吮吸

渐渐稀释的阴影渐渐浓稠
隔着时间层层叠叠的眠床
腰间生出一圈带状疱疹
犹如一粒粒豌豆

讨厌的"豌豆公主"
以另一种方式
回到了你的身体
呼告急剧疼痛

西瓜

红色稍微黑暗
粘稠的西瓜汁……
怎么有点像凄凉的人生……
某个诗人的《西瓜》之刀
"咔嚓"一声
切开你想忘却的西瓜

小镇照相馆的布景前
她令人艳羡的父亲
"笑一笑"的提醒
"咔嚓"一声
留下少女尴尬的笑

故乡的长途汽车站
过验票闸口的一刻
你和她彼此认出了彼此
你们扭头佯装不识

你多么想知道当年
卖给她的那些西瓜

"咔嚓"一声
像你的谎言一样
熟甜熟甜

哑南瓜花

像一只只金黄色喇叭
南瓜花,如果吹起来
应该像唢呐的声音
迎亲时欢天喜地
出丧时呼天抢地

新结的花骨朵
手指别去触碰
母亲的叮咛
诱发好奇还是叛逆

哑了的南瓜花不再结果
母亲惋惜
一朵尚未盛开的南瓜花
母亲叹息
少了一只填补饥饿的南瓜

镜中的女孩
一朵哑了的南瓜花
还未结果就已萎蔫

如果坐上南瓜马车
一朵哑南瓜花
是否能结出巨大的南瓜

如果植物的气息异样
那是巨大惊吓后
分泌的一种奇异气息

如何能像草间弥生一样
喑哑之花用一种异常的方式
不断分泌，不断掏出奇异的秘密
在圆鼓鼓的南瓜上布满古怪的斑点
如胖乎乎的女孩脸上长满精灵雀斑
我们希望头顶一颗巨大的南瓜
身披动人的枝蔓
舒展无邪神秘和天真烂漫

茅针

有些植物的记忆
卑微得那么珍贵

你藏身于叶片
像孩子羞涩地躲在门背后
默默等待有人发现

牵起你纤细的小手
轻轻拔起
一根,三根,五根
指尖与指尖的触碰
心尖与心尖的触动

时间看到那个女孩
蹲下虔诚的姿势
拔出茅草里
针尖一样细小的喜悦

时间也看到此刻的你
俯身茅草时的手势

包裹体内的阴影尖锐
是否都化成了绵柔的内芯

夹竹桃

1

道路两旁的夹竹桃
枝条粗壮,花朵蓬勃
"女人花摇曳在红尘中"
多么陈词滥调的比喻
可禁不住还是追问
女人如什么花
有那么多喜欢的花朵
选择是否就意味着背弃

直觉代替仪器衡量
桃红色也许比纯白色
更能吞下尘世的污染
即使花朵凋零
还有粗壮坚韧的枝条
肥厚的叶片
抵挡尘世的灰尘

2

白色的夹竹桃花
总比桃红色开得早
像那些苍白的生命
努力早点开花表白
弥补被忽视的轻慢

白色的花朵漂浮水面
一场自我哀悼的仪式
一条鱼的死亡见证
诱惑的下场
就像水手无法逃脱塞壬的歌声
白色的夹竹桃花像飘落的祭幡
为自己,也为鱼

捡起一朵白色,一朵桃红
打量思量,思量打量
你敢试试
哪一朵颜色的更毒
耳边响起《爱的夹竹桃》

野芮苣

你弯腰摸一摸野草叶脉
像抚摸自己凹凸的静脉
锯齿状叶边
你不自觉地吐了吐
锯齿的舌头
舌头与野草是否
彼此找到了同类项

一款 App 软件
判定你猜测的准确性
告知你不了解的部分
野芮苣亦叫指南草
沙漠里的指南针

有多少次迷失方向
有多少次陷入沙漠

燕子穿梭而过
举起轻如微风的剪子
闪电般剪断你的自问

一个路盲症患者
唯一的指南针
就是大地与植物

野苹果

隐没在河岸的树丛里
那么不起眼
你甚至没有留意它
开过怎样的花

不经意中抬头一瞥
小小的青绿色果实
像某类小家碧玉
不卑不亢兀自生长

野苹果是那样的微小
野生却毫无致命的诱惑
野苹果几乎没有重量
如何砸开人类奇异的智慧

穿着绿色病号服的女人
空握的拳头举在瀑布般的头顶

旋转着身体
"看！金苹果！金苹果！"

奇异的呼叫
蒙克女人的呐喊
脸却并不狰狞扭曲
一种平和的分裂

捡起坠落泥地的野苹果
端详野苹果般的女人之谜
正常食用苹果的十分之一
迷你苹果毫无食用的价值

你不再追问
拳头放置头顶的女人
究竟为何落入了迷狂
野苹果最终弃置于杂草丛中

只有大地才能容纳
所有混沌、迷茫、痛苦的生灵

喷雪花及其他

钢筋水泥架构的空间
一艘艘亚克力月亮船悬浮
电子灯光刺眼照射的器物
如何重新领悟东方之美

你与所有复制之间的事物
保持一种若即若离的关系
目光抽离器物和水墨的线条
沉溺瓶中的枝条与花朵

珍珠绣绒菊
喷涌密密匝匝的雪花
像女子的绣花针脚
缝补密密匝匝的心事

枝条疯狂地延伸空中
仿佛逃脱与花朵的关系

花朵聚集谋反
与花瓶绑定式的关系

目光企图透视
每一根枝条每一朵花
内部的秘密与妄念

多想说一些慰藉的话
可钢筋水泥盗走你
所有温暖的二手词语

微风与白杨的知己

微风穿过所有的树

只有白杨

用轻盈的舞姿

用呢喃的絮语

最早回应

若有似无的微风

没有哪一种树

比白杨更懂微风

微风吹绿一颗黯淡的心

爆出稚嫩的新芽

用清亮的注目

用温柔的歌声

最快应和

每一片跳动的树叶

没有哪个女人
比她更懂白杨

来自七月郊野的短句

1

你站在树下
像一件蜕在树根下的蝉衣
永远无法明白
蝉为何集体高歌
又为何集体沉默

2

那只水鸟
站在月光的洼地里
迷途忘返

3

残月一张破旧的脸
高冷的表情陈旧
从天空俯视水面
一条蠕动的蚕蛹
在河底随波逐流
词语与月影一样
沉入水底无力回天

4

如果像托钵僧一样
虔诚恭敬
是否就能拍出
一朵莲花的真相

完成与未完成

春野茶会——答谢春天

一张茶席上的手绘牡丹
复活国色天香的雍容
白底青花瓷器的表情
历经多少眼睛的挑剔
一向淡定从容
早已宠辱不惊

邀约紫木槿、蓝鸢尾白
铃兰、蔓叶长春花
以及春天所有
知名、不知名的花草
给自己和郁金香们
斟上一杯杯新茶
答谢春天盛大的恩典

以舞者致礼的方式
轻轻撩起裙裾的下摆
连衣裙上的春飞蓬
俯身地上的春飞蓬
像失散多年的姐妹相逢

水中的野鸭、水鸡
像春天的客串嘉宾
踩着春波徐徐展开
新添羽毛的翅膀
献出最美的水上舞姿

水下冬眠的鱼儿
冷不丁翻身打滚
像潜心修炼的鱼精
厌倦水宫中的自我囚禁
敲响水面如鼓的"咚咚"
锤击日益慵懒沉睡的心灵

沙尘暴的黄色预警阻止不了
你与草木虫鱼的一场春野茶会
装得下春天的眼睛
没有容不了的沙子

"如花在野"

寂寞已久的花瓶
猜度瓶口的思念
像与久别重逢的友人
欲言又止

四月的郊野
遍地撒满插花素材
你拿出剪刀
仿若写生者拿起画笔

轻轻撩起一支
逸出群体的黄木香
俯身贴近
耳边呢喃声窸窸窣窣
"我是你的俘虏"
"我是你的俘虏"

"心有猛虎,细嗅蔷薇"
面对郊野之花
该如何做到"如花在野"

张开的剪刀
像渐渐收拢的燕尾

未完成的郊野插花计划
像一首未完成的交响曲
像一首无法浑然天成的诗

"这世上,只有美的事物能让我低头"
你默默低头
为郊野的花
还是为千利休
某一时刻的不低头

郊游记

果园记

美丽的地名
浇灌你的浪漫想象
灰扑扑的街景
浇灭你的虚幻热情

远处巨大的白色风车
仿佛天使的翅膀降临

"多少次别离慢慢塑造了我"
唯有里尔克的《果园》
补偿你所有的失望与沮丧

那一对来自果园的母女
黝黑的脸庞
携带果园所有的气息

"此地实系世界上
女子笑声最清脆之一隅"
果园里的米兰达读着这句话

你默问策兰
是时间回到果中
还是果实回到了时间

公路记

望不见尽头的一条公路

道路两旁落尽叶子的杉树

笔直、挺拔

树干上涂刷的石灰水

一览无遗

如果一首诗歌

像鸟儿的鸣叫一样婉转

是否能弥补这条道路的直白

如果一首诗歌

如树顶的鸟巢一样高屋建瓴

是否能修正这条道路的浅白

一个人可以与袒露无遗的公路同向行进

而一首诗却只能与直白的道路背道而驰

水鸟记

水鸟都有水上漂的绝世轻功
在水面上踩出
一幅水上琵琶图
你与天空、水草一起惊叹
人类模仿自然
如捡一块石子打水漂
如武侠练就的水上飞

想起有些模仿者的墓志铭
"写在水上的名声"
已经像自然一样永恒
想起电影《帕特森》
那个写诗的公交司机
那些被狗撕碎的诗
为了安稳沮丧的妻子
也为了安慰自己
"It is just words on the water"

诗歌就是呼吸,就是生活
诗歌就是踩在水上的词语

喜鹊记

喜鹊张开翅膀如黑色的梭子
穿梭在公路两边的杉树林
挥动翅膀藏起的白色翅尖
就像旋转怀中的两块手帕
召唤那些远去的亲人
有些爱恨如喜鹊
黑白分明的颜色

荠菜记

远足郊野的习惯
带一把美工刀和一包创可贴

有些悲伤是采下早春的荠菜花
诱发的微苦,细小而密集
有些疼痛是触碰乳浆草的乳汁
引发的手指肿胀,皮肤之上皮肤之下

一手切开有关泥土的伤口
一手贴上有关泥土的创可贴

有些恩情无法偿还
索性当作种子
掩埋大地的伤口

古镇记

几乎所有的江南小镇
似曾相识
你的脚依然有意无意间
踏上石板路
就像戒不掉烟瘾的人
在无聊之际点上一根

1

每次徘徊的这座古镇
面目相近的孪生姐妹
你曾熟悉的食物气味
再难撩拨你的嗅觉
仿佛赌气或者存心
跟它们恩断义绝

江南粗布的旗幡
就像招魂幡
摸遍每一匹芦扉布
恨不得摸遍所有江南女人心

十里不同风,百里不同俗
"我们那里的芦扉格更好看"
芦扉格的判断里洋溢女人的骄傲

蒙德里安的格子与芦扉格子
你会毫不犹豫还是犹疑不定

是什么让你偏向选择后者
是经过多少次的慎重确认
还是故作姿态地回到原点

2

百年茶楼的金字招牌
依仗电影取景地召回

挂在大厅的戏服
戏中人的照片
孩子气的调皮神情
梅花鹿似的机敏
嘴上的一层茸毛
细软如雏乳动物
一顶圆圆的呢帽
难掩不安与惊慌

没有茶楼里的一场戏
怎会有后面的戏
如此重要的一场戏
在食客们的眼里
是否都成了茶杯里的风波

小桥流水人家
似水流年流年似水
仿佛细声轻语
戏中人戏外人
入戏不能太深
入戏不能太深

蝴蝶钥匙扣

一只豹纹蝴蝶
压成薄薄的一片
不得不惊叹
造物主的妙手
褐色和金色的斑点
图案排列得如此美妙

被有机玻璃囚禁
翅膀挣扎的姿势
触须颤抖的痕迹
蝴蝶尖叫的销声

透明的椭圆形
以凝固的形象
与钥匙串日复一日的摩擦
臣服或者挣脱固定的命运

纳博科夫捕蝶网里
逃逸的一只
梁山伯或祝英台
幻化的信物

蝴蝶的灵魂飞离
翩翩在另一个空间

雌蝉

蝉声渐渐淹没了鸟声
在地下隐藏了那么多年
经过那么痛苦的蝉蜕
他们终于可以发出
独属于他们的咏叹调
知了知了知了知了
终其一生
我们也无法知道他们
知道了什么

更想知道的是那些雌蝉
此刻在干什么
她们在喑哑中
了却如此短暂的生命
终其一生
我们也无法知道
她们是否甘于

造物主没有赐予
她们另外一种发声器

噤若寒蝉是一个多么
令人愤怒的词语

谁带走了《乌鸦是美丽的》

一幅以假乱真的复制品
彝族女人无表情的脸部
沉默表达得有棱有角
头顶白色的包巾
包裹某种不祥的气息
掠过头顶的黑色乌鸦
视觉和心理的错位
仿佛停在女人头顶

沉默的观看者表情
不安,疑惑,担心
如此突兀的意象
如此诡异的画面
如此荒诞的气息
谁有勇气带回家
女人头顶一只乌鸦

每一次绕道驻足

偏僻寂静的美术馆

每一次默默祈祷

带走的人能像画家所说

"艺术是幸福的"

风干的甜更甜吗

仿佛看见您兴致盎然的面容
给另一个年轻的自己打扮
蝴蝶结扎在女孩发辫的那一刻
您不再鲜嫩的手翩然若蝶

"不要把她打扮成那样"
仿佛看到您脸上
意兴阑珊的悻悻然
飞舞的蝴蝶顷刻
变成僵硬的标本

屋檐下的荸荠
秋风渐渐吹干
鲜红油亮的肌肤
褶皱成暗红

风干的甜更甜吗

伸进篮子里的手
是否依然还是那双
勇敢炽热的手

生活的旗帜

衣服是一面面旗帜

你在半遮的窗帘后面
久久凝视对面的窗口

面目模糊的手
伸出一件件衣服

深深吸一口温风
洗衣液残留的味道

坐在窗口的眼睛
陪伴晨暮的云朵

淋过雨点未被收回的衣服
像一面面生活的旗帜

温煦的风里
投降，妥协，和解，抗争

灯光渐次点亮暮色
夜晚的梦里飞满花朵蝴蝶

晾晒衣服的男人

男人的身体缓缓
俯向清晨的晾衣杆
T恤,衬衫,裙子
白色,白色,白色

像舞台上的魔术师
手中熟练变出白鸽
一只,一只,一只
像主人手中的哈达
虔敬地献给生活
这位尊贵的客人

一次一次的俯身

像朝圣者的叩拜
朝圣生活的路上需要
洁净的肉身和灵魂

白净的衣服
一件件笔挺

晨光里站立的白鸽
静静接受光的爱抚

微微颔首的羞赧
男人轻轻揉搓着手
把生活的光线
揉搓得愈发温暖明亮

初夏的"双推磨"

初夏温煦的晚风
抚慰落寞的被单
等候它们的主人认领
晚归亦或粗心

绣球花挤挤挨挨
像从前乘凉的婆娘们
东家长西家短

夜饭花打开一只只喇叭
播放妖艳的老歌
夜来香夜来香

清闲的太极推手
任你推呀转呀
轻轻哼一曲《双推磨》

星星隐身的晚空
同样深邃神秘
同样撩拨动人

对面的阳台

推开清晨的窗户
等待阳台上的身影
手执喷洒壶的姿势
如小提琴手拿起提琴

搁到肩上的那一刻
细雾般的绵绵水滴
注入植物的茎枝、叶脉

琴弓拨动琴弦的一幕
缓缓流向另一个身影
回音壁流出动人回音

午休絮语

94.7 频道调成背景音乐
午休时间，催眠慵懒

四月的风，美妙的舞曲风
风中渐渐放松的衣裤
相拥起舞，低声倾诉

拱圆亭盖上的樟树花
细细碎碎窸窸窣窣
女人们的絮絮叨叨

女人的话语是否
应该听从这样的规训
上得了厅堂下得了厨房

修剪"截肢"的松树
几无旁枝逸出的庄重
肃穆的生命是否更为深刻

薄暮时分

鸟声如密集的雨点
落在枝桠上
暗红的房顶下
几盏灯稀疏亮起
等候晚归的人们

按捺不住的鸟儿
从一棵树扑向
另一棵树
从一根枝桠
跳向另一根枝桠

犹如作曲家全神贯注
谱写五线谱上的音符
冬天暮色的寂静需要
次第奏响神奇的乐章

音符骤然变成休止符
光秃秃的树干树枝
如渐渐寂静的舞台

有意落下的指挥棒

邀请返场的掌声
如声浪拍打心浪
随着薄暮越来越深厚
随着灯光越来越响亮

黑色工装裤

紧身的黑色工装裤
连同青春的酮体
连同青春的明媚
遗落在某一时刻

宽松的黑色工装裤
你穿进另一个你
岁月是一团飓风
盘旋你的腰腹间

青春的残余部分
钻进膨胀的体内
抚摸过去的你
如遥看一只黑鹇
拍拍现在的你
如近窥一头黑狸

可你渴望抚摸
一头豹变的雪豹

秋天,以不可思议的方式馈赠你

秋天以一种不可思议的方式馈赠你
返回天真、幽默、幻想

安然坐上沾满鸟粪的长椅
与落叶、石榴、蝉衣、羽毛相聚
秋裙兜起刚刚落下的栾树果
轻轻掰开果实紧闭的嘴唇
像窥探内部禁忌的部分

一只彩色的鸟形陶笛
坠落在枝桠间
树枝以一种不可思议的方式
托举鸟形陶笛的梦

丝瓜花攀延接近尾声
不惜余力馈赠种植者的期待
一棵幼小的石榴树

以不可思议的果实
无法描述的石榴红
馈赠永不餍足的眼睛

假连翘、木樨榄、灯芯草
呼唤你——认领
美花千层红
是美杜莎吐出的蛇信子
是中年妇女的桃红丝巾
风中呼喊着追讨残留的青春

幻觉的晕眩
露台是甲板
栏杆是船舷
立柱成了高耸桅杆
云朵成了无边风帆

秋天，以不可思议的方式馈赠你
一次奇幻的"漂流"之旅
快乐的智慧需要甩掉
多余的尾巴——悲秋

浪漫的手掌

是风神之手还是凡人之手
如此安放一张梧桐落叶
如安放一只无处可放的
孤独手掌

凝视水泥壁洞里的一张梧桐叶
就像凝视神龛里的一颗圣洁之心
钢筋水泥丛林中生长着
多少颗这样的浪漫之心

拾起一张张梧桐落叶
就像拉起一双双
即将枯萎的手掌
握住叶柄的手掌
条条掌纹输送
缕缕温暖
至每一根叶脉

至每一片叶尖

久久凝视、轻轻触摸
凋落的事物不再轻易消失
轻轻抚摸自己的下颌线
坚硬的线条开始柔软

请伸出你浪漫温暖的手掌
握住那些孤单瑟缩的手掌

下元节的夜晚

仿佛是水带着你

走上波浪形的桥面

眼睛是两盏微醺的酒盅

心电图是桥栏的曲线

手指按着桥栏

弹奏一曲流觞曲水

或者月光奏鸣曲

弹到桥栏的曲线终止处

月亮不知何时变奏

像一面圆鼓

挂在另一个桥面的上空

堤岸与半弧形的栈桥

半弦月的水湾

流水像鼓槌

轻敲月亮鼓的倒影

谁说无声胜有声

割刈后的蒲草根茬
染上秋水秋月的迷蒙
晕眩光着脚丫的记忆
踩在麦茬上的夏天
满头大汗滚落你的脚底

如何破解和复原
下元节谜样的夜晚
海鸥盘旋飞翔的航线
水月交织迷人的声线

倒映水中的图书馆
博尔赫斯迷恋的天堂模样
月色游动无数水墨线条
缠绕芜杂混乱的线团

如何让一首诗具有
迷人又危险的线条

天平与砝码

多么想做一杆

公正的天平

砝码均衡,不偏不倚

两端平衡,两端的重量相等。

你却总把砝码

稍稍偏向了女人的一端

一端往往是异端

你时刻提醒自己

砝码均衡一点

均衡一点

笔与铁镇纸

端详这块铁疙瘩
小圆柱形,长五公分
某个机器上脱落的零件
一块失踪的砝码
一块遗弃的镇纸

吸铁石吸引多少少年相信
只要经过火车巨轮的摩擦
放在铁轨上的铁皮
就能变成神奇的吸铁石

"隆隆"的飞驰声中
铁片像少年天真的幻想
不知飞向了何处

水笔静默地掂量
铁疙瘩的份量

如何让一首诗

经过铁的碾压

如神奇的吸铁石

吸住所有逃逸的灵魂

地铁车窗里的人

盯着车窗里的人就像
盯着车窗里另一个自己
是否比真实的自己
更完美或者更多瑕疵

地铁车窗飞过
一帧帧仿真图片
再难看到一张真实的脸庞
自然而生动

呼吸是口罩里的小鼠窜逃
无法脱离的手机和电脑
蓝牙无线鼠标
是我们灵魂的集体导游
牵动我们每个人的无线心脏

在天文主题公园

不锈钢装置艺术《引力》
把你吸进了十二个镜面
就像细胞无论如何裂变
每一个镜面里都是自己
分身乏术依然渺小如蚁

为自己不观看星空
找到了太多理由

你习惯低头观看
习惯把目光挽留
触手可及的事物

你不太习惯仰望
你不太习惯暗物质
肉眼不可见的部分

如果走一趟莫比乌斯环桥
是否就能抵达无穷与永恒

钢铁与花朵

后工业风区域的涂鸦
衔着花朵的飞鸟
飞上钢铁的天花板
眼睛交错变形的眼睛
"恶魔之眼"能否阻挡厄运

花朵围绕钢铁
接近和理解坚硬的部分
花朵的力量是否
就低于钢铁的力量

关于花朵的力量
"我观看过花的卷须,力量虽不及孩子的手指,却在破开坚硬的岩石。"

引用片言只语的诗句
失衡还是平衡的看法

船舶高高举起幸福的手帕

如果文字能改变现实

我愿意删除

黑暗里的斜拉索桥

似一架断弦的巨大竖琴在呜咽

我愿意改成

灯光中的斜拉索桥

是奔腾的野马昂首嘶鸣

在风中扬起长长的鬃毛

如果文字能改变现实

我愿意删除

江水如复仇的巨鳄聚集

把一切吞进它们的血盆大口

我愿意改成

波浪犹如温柔的手掌

轻轻拍打夜航船

如臂中怀抱的婴儿

平静的港湾呼唤远方的船舶
如远山呼唤举起幸福的手帕

梦,正写与反写

广场上的路标指示牌
一面是正写的 DREAM
一面是反写的 DREAM
硬币的正面与反面
电影里的正派与反派

捕梦网捕获多少梦

O,哪些是正面的梦——美梦
没有羽翼的飞翔
空中踩着风火轮的哪吒
闪闪发亮的硬币
散落在浅表的地层
鸡蛋、鸭蛋、鹅蛋
草丛里滚落出惊喜连连
梦里的鱼跳跃出水面
衣被沾上呼吸的鱼腥味

O，哪些是反面的梦——噩梦

挂在墙上的父亲

梦中游荡的幽灵

大汗淋漓的惊叫

错误的上课时间表

错失驶离港口的轮渡

O，哪些是正派的梦——纯洁

难以获得的荣耀与奖赏

哪些是反派的梦——污秽

羞于启齿的省略号

O，哪一天开始

夜晚成了水墨里的留白

梦开始渐渐遗忘你

是梦密谋了集体叛逃

是谁盗走了你所有的梦

O，也许是时间这位魔术师

暗中轻轻推动了摇篮

也许是命运女神慷慨

赐予你仁慈的纺锤

打水漂的智慧

学习和寻找
如何把灵魂喂饱的食材和方法
学习和寻找
如何习得水一样的智慧

常常流连水边
捡起小块石头
像儿时打水漂的游戏

有时石块太大太沉
还没滑翔就已坠入河底
有时甩出石块的一刹那
就已用错了发力的方式

打出一个完美的水漂
需要多少巧妙的配合
水的智慧

石头的智慧

人的智慧

人的一生无非是

学习如何让生命

捡起一块石片

在水面上

打出几个漂亮的水花

多重的逃逸

时间之手拉开,合上
手风琴风箱的褶皱

心形的白杨叶知道
如何随风跳出摇摆舞
肉粉色的蚯蚓知道
如何沿着缝隙施展缩身术

合欢堕入地面
气若游丝的禁忌之花
丝丝粉艳隐秘的气味

睡莲谨守准时的作息表
像朝九晚五的上班族
莫奈之眼调出光影之心
跳离循规蹈矩的乏味

躺在河边的渔具包
像掀开的琴盒
高音之后疲倦的口腔
一副琥珀色的眼镜
搁置一旁
像逃逸者逃逸的眼睛

观察者思忖如何捕获
不在场的多重逃逸者

智慧湖畔

再一次面对面相遇
那一艘"船舶"是否
因为日夜聆听你的声音
愈发显露从容淡定的模样

不是所有的船舶
必须与船舶相遇
不是所有的船舶
必须历经狂风巨浪
才能找到平静的港湾

不是所有的夜晚
必须与星星相遇
不是所有的湖
都叫智慧湖

秋风荡漾着涟漪

谁能分辨出
千万条涟漪
波纹与波纹的不同
每一条涟漪是否
都通向和汇入大海

秋风摇曳一根根
日渐枯萎的芦苇
帕斯卡式的沉思
头顶芦花似飞雪

智慧要随时间而来
进入枯萎才能找到真理
时间和枯萎都能带来
智慧和真理吗？

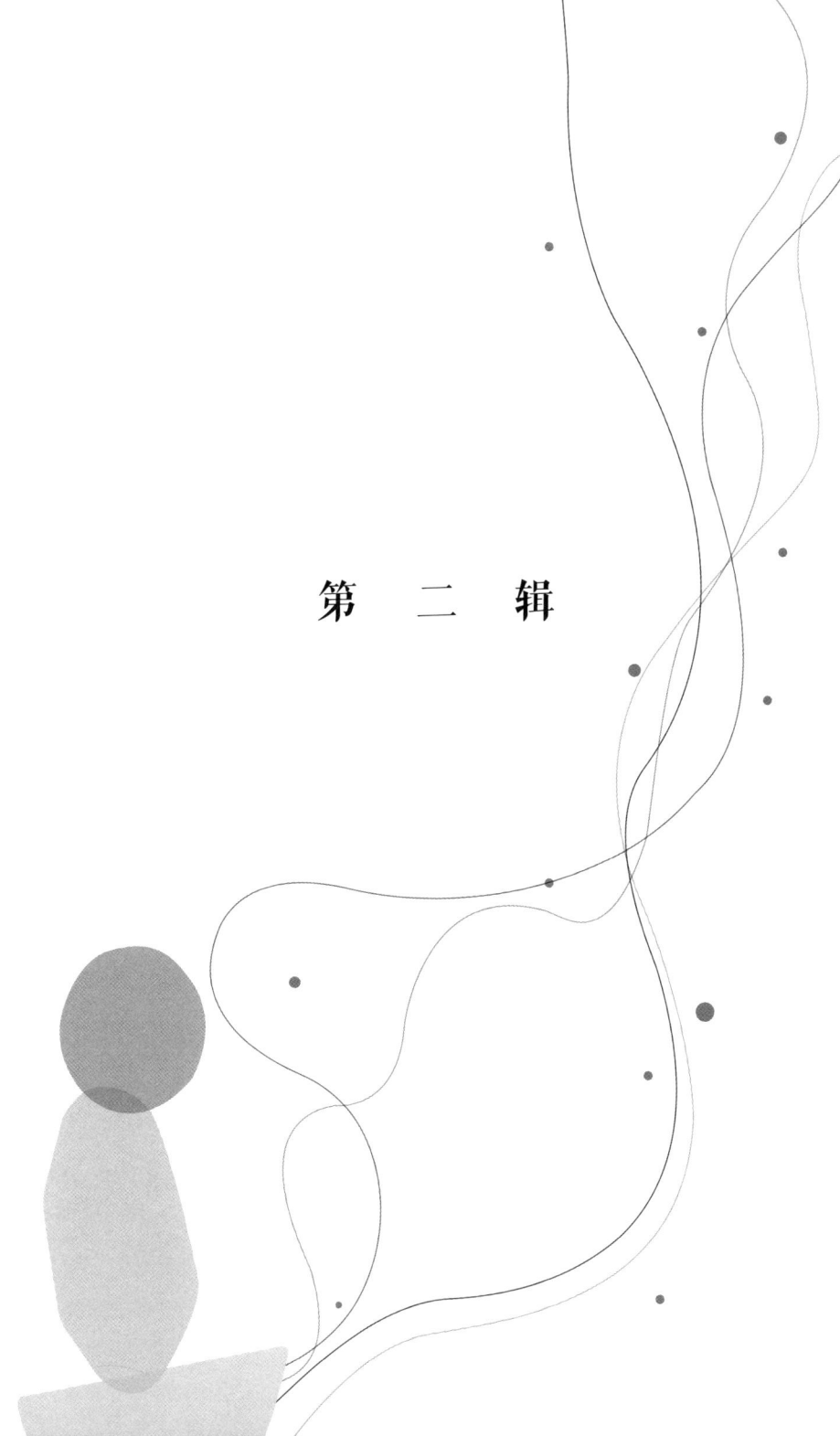

第 二 辑

方舟

铁被时间之水锈烂
水突破水管的包围
终于喷涌而出

你的目光吊在半空
夜晚的春风吹亮燕子灯
肥嘟嘟的空腹内部通体明亮

春天的火焰
烧焦燕子的羽毛
却无法烧尽内部的阴影

请把僵硬的舌头
恢复成本身的柔软
请用一只手舀起水
浇灭另一只手的火焰

伸开蜷缩在掌心的手指
把皮肤之下坚硬的部分
打造成一只牢固的方舟
装着生活这只补丁之碗
驶向平静的蔚蓝海岸线

抽掉一个字

喜欢一个诗人
需要很多理由吗
第一次读到
"四月是残忍的月份"
击中年轻的你
无非就是这一句

时间之手终于
改写了这句诗
"四月是一个残的月份"

抽掉一个字
就像抽掉一部分
无法忍受的记忆
抽掉一个字
就像抽掉一部分骨髓
还给那些不该忘却的人

最想忘记的那一棵——苦楝树

街道上公园里
挤挤挨挨的树
无数枝桠伸展
渴望的手臂
呼喊你的拥抱

千姿百态的树群里
你总能认出
最想忘记的那一棵

我们常犯下这样的偏见
优雅迷人的外表
朴实无华的心灵
难有匹配的距离

楝树仿佛生来
为了打破偏见

精致优雅的紫色花穗
结出平淡无华的果实

长长的竹竿打落
秋风吹黄的楝果
阳光与风
抽走水分
仿佛为了减轻
它部分的苦涩

弯腰捡起
渐渐干皱的楝果
就像拾起
渐渐浓缩的盼望

苦楝果的分量
只够换取细小的喜悦
练习簿、铅笔、尺子、橡皮

书优雅地立在书柜
盯着书的眼睛
就像盼望盯着盼望

渴望那么重

苦楝果那么轻

回望是一件多么可耻的事情

回望是一件多么可耻的事情
像干枯的松塔迟迟不肯落下
就像潮水不断后撤
即将裸露的河床

拒绝眼前垂挂的诱惑
就像拒绝水妖的歌声
拒绝罗德之妻变成盐柱
就像拒绝阿球的请求
再带几袋白玉兰白脱面包

有那么多的事物
诱引你向前奔跑
为何你常常回头

肚子每年鼓成圆球
阿球的孩子却如气球

莫名飘走在无常的风中

枫杨树上悬挂

一串串果穗

像挂着她的泪串

岁月的风

吹干她的泪腺

风干她的浑圆肉身

如干瘪的果子

缩回大地的子宫

霜

母亲带回的一只只柿饼
如过年时节的汤圆
粘上一层黏黏的糯米粉
如天空洒下的层层雪粉
携带着一丝甜蜜的光晕

双手轻轻拿起
带着薄薄糖霜的柿饼
如双手轻轻拂拭
母亲发际的灰白

轻轻柔柔舔舐
如小猫柔软的舌尖
舔舐自己心爱的皮毛
陶醉的表情远远胜过
舌吻心爱之人的甜蜜

一整套柿柿如意的茶具
一只只仿真柿子储茶罐
日复一日地抚摸它们
日子和生活也许
会泛出一层糖霜

我们多么渴望失去的甜蜜
我们多么渴望事事如意
现实往往总是事与愿违
岁月的风霜并非都能
转化成薄薄的糖霜

有些回忆必须
在一场场霜降之后
穿越时间层叠的风霜
时而像一层糖霜
时而像一层盐霜

对一切带霜的食物、植物
你总是抱有特殊的感情
带霜的"苏州青""矮脚青"
带着白蒙蒙表皮的绿干柏
对面坐着的那些带着鬓霜的人

大脚梅姨的小脚粽

时间就是招魂术
端午时节招回梅姨

佝偻的身体
是谦恭还是羞愧
致歉她的一双大脚

只有在端午时节
梅姨灵巧的小手
化为村庙的"千手观音"

糯米与灵魂伴侣赤豆躺进
她巧手折叠的粽叶小眠床
紧紧,紧紧,紧紧拥抱

大脚梅姨是否逃脱了
裹"小脚"的命运

巧手是否都能换来啧啧称赏

男人口里的"白虎精"
鄙薄诡谲的语气
困扰多年的谜

记忆之线一次次缠绕
大脚梅姨的小脚粽
一年一遍
越扎越紧
越扎越紧

滑滑梯

一座小小的游乐园
一对蓝色的滑滑梯
紧挨并排躺着
如两只蓝色的摇篮
等着一对婴儿躺入

残留的雨渍、泥土
你习惯性地擦拭
复归婴儿为何
要抹去自然的痕迹

摇篮的长度装不下
仰面朝天的你
蓝天白云是一床床棉絮
厚厚覆盖周身

风中的棕榈树

母亲长长的手臂

像落地扇的支架

安装一柄柄蒲扇

有些汗水和泪水

像混合的润滑油

滴进摇动的手臂

再也无法知道

他们如何密谋

空出另一个孩子的位子

你是否接受了被单里

不再有躲猫猫的游戏

该如何同时说出

感谢和原谅这一对词组

毫不费力或者力重千钧

刺伤的手，该如何触碰？

1

蕨类昙花

长长的枝条

像邀约的手指

毫无防备的触碰

如蜜蜂的蜇刺痛指腹

缩回手

目光探寻

蕨类昙花的刺

那么多庞大的事物

比如恐龙绝灭

你却用细刺

一种防护隐藏术

从恐龙时代一直

延续到现在

想起另一双
宽大的手
似乎不应长在
女人的手上

"大手捂牛屎"
姐姐拿着钩花针的手
停顿,沉默地继续

为母亲和谚语羞愧
你卷起自己的手
藏进口袋

岁月的锯齿
如何锯掉那一段
关于手的隐痛

有些难堪
不是指甲盖里的污垢
隐藏在手指的骨节里

有些记忆如掌纹紊乱复杂
充满了分叉，分歧的线条

有些刺伤的手宽大
是否宽大到原谅了一切

一双手与另一双手
她们之间的大小与距离
要用多少年才能覆盖

2

您伸出拉拉秧割伤的手臂

深深浅浅的伤痕

有的结痂,有的渗血

安慰咽在喉头

仿佛拉拉秧

割伤我的舌头

拉拉秧的锯齿

拉在皮肤之上

生活的锯齿

拉在皮肤之下

藤拉着藤

手拉着手

锯齿拉着锯齿

您最后的手,依然温热

再也没有什么能够拉伤

3

手,放松,垂下
或者微微弯曲五指
像托起一只碗或者斗笠杯
光线盛满或者溢出
张开手掌朝上
像一张蕨类植物的宽大叶子
让光穿透叶背
用力弯曲手指
像一只不明动物的爪子
捕捉随时可能逃逸的光

一个人的皮影戏
手的影子与光的影子
握手言欢

想起另外的两双手
阳光那么慷慨仁慈
能否穿透她们
布满阴影的掌心

鹁鸪在呼叫

咕咕—咕咕—咕咕
一声高过一声
是丢失孩子的母亲
焦急地呼唤孩子的乳名

咕咕—咕咕—咕咕
一声盖过一声
滞留在你的耳郭
搅乱你黎明时的平静

鸟纲分为雀形目和非雀形目
雀形目种类及数量众多
鸟类中最为庞杂的一目
多么像编撰鸟类词条

有些鸟类成为图腾
有些鸟类成为禁忌

是岁月味蕾上的几粒铁砂
是你不想回忆的某些结局
偶然或者必然

你虚构了一个结尾
如海明威一样开动扳机
铁砂穿进了胸膛
完成虚拟的硬汉形象

咕咕——咕咕——咕咕
时间消融
鹁鸪胸部上的那粒铁砂
时间脱落
那粒铁砂硌残的牙齿

有些铁砂散埋在心脏部位
一粒粒间歇性疼痛
永远挖不出

咕咕——咕咕——咕咕
苦苦——苦苦——苦苦
哭哭——哭哭——哭哭
鹁鸪的叫声不会消失

请原谅南方

命运的纺锤驱逐你
离开南方的星辰

开往北方的那班列车
载着少年怎样的心绪
与南方决绝的告别
对远方未知的惶惑不安

车轮是否与你的眼泪一同滚动
是否碾压你脉搏的每一次跳动

南方难以言说的幽暗阴影
是否一直尾随着你的身影
南方冬天的彻骨寒冷
是否冷透了你的寒梦

有太多的理由

让你切断与南方的纽带

像一粒燃烧了一半的烟灰
被命运的无常之手
抑或自己的手指
弹落在北方的尘土里

在一个乡间的婚礼上
远方传来不祥的信息
仿佛一只乌鸦陡然降临
在欢乐的喜鹊群落中

是你给我们抑或是命运
开的最后一个玩笑

婚礼继续
我们不能出声哭泣

婚礼结束
我们忘了如何哭泣

北方的某个村落

暗夜里升腾的磷火

一半是南方之血

一半如北方之魄

沿着铁轨追逐着

开往南方的车尾

一路尾随

一路尾随

如何张开我们

凉薄的嘴唇

向着北方的星辰

补上我们

迟到又轻薄的歉疚

请原谅

过去的南方

请原谅过去的

"鱼米之乡"的南方

水泥灰

如朝圣者虔敬举起转经筒
目光围住庞大的水泥圆柱体

我们羞于提起
却又无法全然忘却的人
穿着一身水泥灰
从水泥筒里探出头

那么多关于灰色的名称
冰灰，炭灰，月灰，烟灰
还有令你好奇的撒丁岛灰
你常常疑惑什么样的灰
属于高级灰
水泥灰属于什么灰

花园水泥厂
花园只是个名字

是否存在
重要也并不重要
就像他身上
带回的一层水泥薄灰
他的存在
重要也并不重要

脑袋习惯了耷拉
像一头受了重伤的柴犬
与我们截然不同的大眼睛
无辜，委屈，茫然，漠然

他终于不再说话
他终于合上了那双
柴犬般的眼睛
终于也合上了
我们难以明说的难堪

有些怜悯和慈悲
是在灰烬之后
才会慢慢浮现
像清扫过的房间
依然存在的灰尘

"珍珠米"

叉子用力戳进烤玉米
像戳进手臂上的静脉
戳伤血管里流淌的悲伤
戳伤残余的阴影部分

只需你像一头小牛犊
反刍过玉米杆子
只需你像小狗的舌头
吮吸过柔滑的玉米米脂
只需你使劲拔过
枯黄的玉米杆而跌坐泥地
只需你背过
像蜡烛包里婴儿般的玉米
只需你听见
你娘煮的玉米软糯得骨头酥脱

咬住一粒粒焦黄的玉米

就像咬住烤焦的记忆

有些记忆烫伤你的舌尖

有些记忆灼伤你的心尖

江南的玉米叫珍珠

江南的姑娘叫细娘

细细的牙齿

轻轻咬住一颗颗

小小的珍珠

许多年后邂逅石川啄木的俳句

"事物的味道我是尝得太早了"

"沉沉秋夜,

在广阔的街道上,

有烧老玉米的香气。"

仅仅是酒的问题吗?

站在葡萄酒柜前
仿佛你就是酒窖的主人

黑衣绅士头顶
一窝蓬乱的头发
红裙女郎扬起梦露的裙摆
黑衣绅士酒瓶里的酒
飞进红裙女郎的酒杯
如长嘴茶壶倒进
茶杯的功夫表演

哦！你阴影的部分
多么需要狄俄尼索斯
迷人花环的缠绕

几款以灵魂命名的酒
鲜红的 O 字像热情的瞳仁

玫红、紫色、黑色的 HEART&SOIL

心与心的颜色不同

大地与大地不同

Barking Owl

蓝色的圈子里

黑色枝桠上的灰色猫头鹰

四目相对

怕它叫出声来

你的灵魂丢失

转移视线寻求某种庇护

大黄鸡蓬松的羽毛

像部落土著的蓬蓬裙

肥硕的鸡冠

柔软的护身符

一朵虞美人温柔俯向

一朵紫色的百合

一个陌生人靠近

另一个陌生人

素不相识更能倾心交谈

你是否应该像邻座的女人
优雅地抿上一口

开启一瓶粉色的气泡酒
为狄俄尼索斯们干杯
或者邀请昆德拉
一起庆祝无意义

关于酒的阴影部分
不合时宜地复现

你是否能收回
你的恼羞成怒
你是否能收回
泼掉米酒的手

泼酒如覆水
再也无法收回

你纤弱的手掌
是否已经变得宽厚

举起酒杯
你听到破碎的声音

每一款葡萄酒的介绍
都像一首诗歌
比如一款起泡葡萄酒
马家婆,稻草黄,柑橘,苹果香
只需听懂这些已经足够

你知道她那些
难以表达的矛盾
不能仅仅只喝米酒
也不能仅仅只喝红酒

希望却又不能失望

面包与盐

面包师都是

优秀的雕塑家

几何形研究专家

"珠宝"镶嵌装饰专家

有时他们吝啬

蔓越莓、橄榄仁

仿佛是名贵的钻石

点缀得行单影只,有点可怜

有时他们慷慨

葵花籽、扁桃仁

仿佛是廉价的水钻

撒得密密麻麻,透不过气

钢丝筛网里的糖霜

轻轻洒落面包的皮肤

面包师的脸
像撒上一层糖霜的"甜甜圈"

记忆是蒙太奇镜头
开始捕获突兀的一幕

他说起他的父亲
一个形式上的称谓
法学院的高材生
无法承担法律上的责任与义务

赋闲的那段日子
短暂的风平浪静
年幼的记忆清晰
尚未用过的镜头

父亲直起伏案的身影
照着镜子一一拔去
扎疼他小脸的胡子

遗留的胡茬扎疼记忆
缺席之后留下的空洞

那张书桌、那面镜子
还有那所房子
房子里的一切
如今都不复存在

他父亲的遗物
一本法语词典
一块孔雀开屏的镇纸
没有他提到的伏案劳作
页码挺厚的《面包与盐》

记忆扎疼阴影
缺席之后的缺席
空洞之后的空洞

父亲的山歌

农历新年的您
是村里人盼望的灶王爷

您坐在船头
后生们摇橹
船上的人们
盼归的人们

满载一船山歌
换来的米面
远胜满载一船
空空的星月

江南的山歌
是您赢得尊重的唯一"武器"
母亲唯一唱过的一句
"湖丝阿姐手段高"

为了"湖丝"两字
我像周朝的采风小吏
搜罗有关山歌的一切
跳过那些赤裸裸的情色艳词
像审查官斩钉截铁
剪掉少儿不宜的片段

该庆幸还是遗憾
您的山歌手抄本
扔进炉膛跟您
一起燃成灰烬

活过了您的年纪
坚硬如石的部分
渐渐消化，柔化
终于愿意理解

讨厌的酒鬼诗人
布考斯基的诗句
"爱是躺在棺材里
恨你的父亲"

雷蒙德·卡佛的诗句

"父亲,我爱你

但如何说出谢谢你"

小城之春

> 因果的织机在万古永恒中
> 织着你与你相关联的事物的线
> ——题记

1

你也许可以忘记
寺前路上的那一树梨花
通江路上的那一院柿子
得月楼里的那一盘蒸菜
醉尉街上的狂草典故
彩衣堂上的精美彩画
虚廓园的那一池荷花

你如何可以忘记
小城里寄出的一床被子
细细密密的粉底碎花

如颜港街的樱花烂漫

引线街
像一根引线牵引你
从街的一头穿过街的另一头
时间磨成的一根针
春天的某一刻刺破指尖

如槭枫的细小红花
飘落进茶杯
一口比一口苦涩
如奶茶里的桂花米酿
沉淀在杯底
一粒比一粒浓稠

护城河边教堂顶上的十字
划一横是爱,划一竖是痛

2

每一次走进这座小城
总是带着同样的 DVD
费穆的黑白,田壮壮的彩色

不为陈旧的故事
只为某种色彩与情绪
它们安静地陪同你
呼吸与回味

每一次走进这座小城
无人知晓你的五味杂陈
空气依然弥漫亲人的呼吸
你却再也找不到
她曾经住过的那一条街

你多想把一座小城
随身携带
握在手里
捂在心口

3

红色的教堂顶上
十字架庄严肃穆
白色的围墙上
爬满扁豆藤叶
紫红色的扁豆花
开始结出油紫的扁豆荚

抬头看一看
教堂顶上的白色十字架
低头摸一摸
紫红的扁豆花和扁豆荚

还有什么幸福
比得上此刻
同时拥有
近处的十字花目
高处的十字架

慈姑

许多年了
你忘记了这种叫慈姑的模样
慈菇茨菇茨菰慈姑
如孔乙己知道"回"字的几种写法
你喜欢写成慈姑
那样柔弱的叶片
那样苍白的小花
并不粗壮的根茎下
簇拥一窝的儿女
一个挨着一个

如果命运的齿轮倒转
亲爱的兄弟姐妹们
我们一起变成"苏州黄"
紧紧簇拥在根茎下
永不分离

你从来不敢设想

如果你是她／他们中的一个

留下的石头如何

拥有飞鸟的雀舌

金姑娘

卵球状的外衣圆鼓鼓
一盏盏精巧的小灯笼

薄如蝉翼的外衣
包裹着早熟的灯笼果
依稀可见小圆形的果实
透明晶莹的淡黄色
像琥珀色的珍珠
像少女羞涩遮掩
再也隐藏不住的
渐渐鼓凸的乳头

金姑娘密生的柔毛
仿佛长在金凤的唇上
柔软的小手
变得有些粗暴
拔去那些柔毛

就像拔去少女

无法隐藏的羞耻

咬碎透明的金姑娘

咬碎我们小小的羞耻

果籽粘满秀珍的脸

如黄色的小雀斑

亲吻黑色的小雀斑

大芳的口袋鼓满

留给妹妹的小灯笼

打着记忆的灯笼

一直想找回你们

打着灯笼也难找的金姑娘

有些温暖细如绒毛

有些爱包裹在灯笼果里

棉花姐妹

棉铃躲在叶子后面
不断地变身
日渐坚硬的外壳
只为某一刻绽开
一朵朵洁白的柔软之花

拾棉花的日子
女人们看似硬梆梆的手
变得棉花般柔软
金娣和银娣
一对黑里俏的姐妹
令人艳羡的两双手
如两对黑色的蝴蝶
棉花间翩翩飞舞

拣棉花的日子
女人们看似粗糙的手

变成光滑的梭子

金娣和银娣

令人嫉妒的两双手

如云雀穿梭云层

衔住大朵的棉花云

花瓶里插上两支棉花

金娣银娣的剪影

遮住黑色的部分

让洁白与洁白

依偎在一起

对着两朵棉花

诉说你的衷肠

柔软的洁白上

黑蝴蝶的翅膀

永远飞舞飞舞

樱花树下

多么想遵从
"怒放机制"
听从语言的召唤
一首诗就该像樱花一样
自然而然开放

如何把一朵樱花
只看成一朵樱花
你无法遗忘她
在昏暗的小房间
吃过清香的炒麦粉

轻如纸片的女人
还未开放就已经枯萎
凋零如一片苍白的花瓣

她的面影如模糊的谜面

没有人揭开隐约的谜底

对着一朵樱花
如何轻松说出
"我记得你清凉的身体"

大理石的尖顶
像一座金字塔
坚硬的石头并没有做好
接纳她曾经柔嫩的容颜

踉跄着飞离冰凉的石头
坟茔是你们化蝶的摇篮
风托起它
不死的弱德之心
雨清洗它
一无所有的苍白之躯

姓氏与名字,哪个重要

1

她白皙的皮肤
标准的鹅蛋脸
还有一个我们觉得
洋气的名字

姓并不重要
洋气的名字才是
羡慕的关键

许多年后
大家习以为常
叫她原来的姓
她说她姓马

旧习难改

她郑重提醒一遍遍
她改的姓

我比别人理解她
只叫她的名字

惋惜她失去了父亲
羡慕她代替了她父亲
化肥厂的空缺

早到的邀请
总比迟到的更珍贵
早住的上下铺
总比后住的更亲密

那样的夜晚比后来的夜晚
更温暖更迷人
那个夜晚的记忆
月亮星星一直闪耀

2

夜晚的宿舍里
名字开始修改
微小的一点改动
仿佛历史改进了一大步

名字是多么重要
就像我们的皮肤
就像我们的衣着鞋帽

比如一双布鞋
暗藏四年,终于
失去了鞋子的作用
需要多少年
我们才能懂得
手工的珍贵
比如雨天
穿一双雨鞋
没有了美丑之别
有些人讨厌
有些人窃喜

某些意识就像晚熟的果子
你如今看到
每一株细小不起眼的植物
都想叫出它准确的名字
而不是什么科，什么目，什么属

苍鹭是苍鹭，不是白鹭
鸬鹚、鹈鹕都擅长捕鱼
但它们属于不同的科属

某些来迟的念头渐渐强烈
欣然等待欣然的回音
"你疯了吗？"
愕然攥住愕然的停顿
就像户籍警的回应
"这样的年龄
改姓已经没有意义"

两匹马的忧伤

仿佛它们和他们

互相交替着背回

他们的蜗居

黑色的马辔

彩绘的马鞍

红色的马身

两匹木马昂首

依偎并列在书柜

时钟的嘀嗒声

如时间马匹的马蹄声

时常提醒他们应该提供

某种特殊的食粮和水

解除木马的饥渴

一幅复制的马

牵引她的视线

两匹黄色的马
马身贴着马身

似有风拂过画面
马鬃却没有飘扬

她转头看他的视线
是否落在同一地方

多么忧伤的两匹马
马眼里满蓄着寂色

她／他与主人公患着
同一种病症

"Wahnsinnige Sehnsucht"
"不恰当的渴望"

露台上的向日葵

露台上的向日葵
萍水相逢亦或久别重逢
熟悉的陌生，陌生的熟悉
微微躬身的背影
默默地转过脸
背对着她／他说
欢迎光临

少年翻开母亲书架上的藏书
米丘林的植物嫁接
巴甫洛夫的动物神经学
金黄色总是那么诱人
集体农庄的向日葵一望无际
年轻的拖拉机手笑容灿烂
葵花的金黄也黯然失色

想象插上金黄色的翅膀

集体农庄里的篝火晚会
列巴啤酒俄式烤香肠
悠扬的手风琴
山楂树下的舞蹈

巴扬是一只神秘的图腾鸟
变身为一只"鹦鹉"
18倍司——48倍司——120倍司
少年与"鹦鹉"的体量和音量
磨合得越来越和谐
音乐的位置
犹如琴键上的中央C

有些苍老的"鹦鹉"
蹲在布满灰尘的角落
脸渐渐布上时间的斑点
如何臣服喑哑的终点

说起有些梦想
脸上顷刻绽放
葵花般的笑容
像金黄的铜管

吹响金色的音符

不再年轻的脊背
必须越来越挺拔

瘦弱女孩
纤细的手
拿起葵花盘
大拇指使劲揉搓
不肯离开葵盘的籽
像婴儿不肯离开
母亲的子宫

搓完一盘盘葵花籽
翻转一个个葵花盘
就像翻转一次次
命运的齿轮

需要磨出多少层手茧
需要多少痛苦的分离
才能学会平静的告别

剥空的葵花盘
像一盘被掏空的蜂窝
乡场上的孩子们扔出葵花盘
如城市的草坪上旋出的飞碟
脱手、接住、砸中
偶然还是必然
犹如命运的飞盘

他和她始终向着日光
拒绝转向阴影的部分
同时拒绝向光性弯曲

两双靴子的对话

一张已经踩脏的小垫毯
不同的颜色不同的图案
两双靴子
比梵高的那双似乎更合理
两双靴子
朝着不同的方向
可脚跟却依然连着脚跟

墙上的一幅画作出自
哪位无名习画者
这样的画作往往属于
不具备某种现实能力的人

白墙红顶的城堡
背靠山峦森林
湖面泊着一艘白色的游艇
桅杆与城堡

犹如大提琴和长笛的对话

"光影投错了方向
船只与桥洞不成比例"

绘画复刻肉眼所见的事物吗
手、眼睛和心的距离
身体与灵魂的距离
是否就是天空倒影湖面的距离

打开柜门
柏辽兹应声滚落
长着一张教士的脸
热情唤醒春天的
《幻想交响曲》
幻想飞出窗外
鹁鸪张开翅膀
如修女张开白色的裙裾

他们似乎更在乎
日复一日的黑白
交替心灵的微光

深埋心里的野鸽子

何时才能飞出来

蓝桥断想

再一次站上这座桥
不仅仅是一座桥
一座蓝色的桥
是蓝色还是桥
令人衍生
莫名的甜蜜与悲伤

金发碧眼的摩托车车手
倚着桥栏眺望远处
《魂断蓝桥》里
复活的空中上尉
穿越时空的阻隔
降临这座默默无闻的蓝桥

细微的甜蜜闪耀
如河面的波光粼粼
手中的爆米花

如何像精卫嘴中的石头
填满通向江海的河流

波光闪过两双眼睛
"只是孩子只是孩子"
如何让爆米花复原成米
如何让某些破碎断裂的部分
像壁虎、蜥蜴的断尾
重生接续，接续重生

"我无法给出的，我也无法接受"
阿根廷女诗人贝列西
抽着维珍妮牌细烟如此说道

河流缓缓淌出轻声细语
学会给出，也学会接受

"电台"咖啡馆

两台高大的棕色音箱
缓缓流淌出棕色的音符

牛奶拉花的两颗心
漂浮在白色泡沫表层
是什么让我们的心脏
渐渐变色渐渐游离

音乐曾是磁铁
是纯粹的火焰
它带来温暖
也带来灼伤

眼睛无法回避
桌面上陈列的音乐书籍
巴洛克音乐
1580—1750 年的西欧音乐

封面上的眼神

头发或者假发套

像无辜纯洁的羔羊

像暴烈鲁莽的猛兽

随意翻开一页

吉本斯的"豌豆荚时间的旋律"

"狩猎时间的低音"

五线谱里的音符

如豌豆的胚芽

整齐排列在豌豆荚

五根线像一道道栅栏

那些黑色的蝌蚪

像无法解开的沉默之谜

自愿被栅栏囚禁

又像要冲毁栅栏

原谅我无法为你献上

天鹅、鹰、狼和知了的祭品

耦园双照楼的下午茶

踏进园子的门槛
像被时间施了易容术
你顷刻变身团团莲叶间
一尾锦鲤鱼

罗汉松结出的暗绿珠玉
可做一支簪子
纤秀的紫薇温柔细腻
可贴两边鬓角

想象换上另一副行头
在空无一人的戏台上
演一出墙头马上或者还魂记

此刻世界上还有什么
比双照楼的下午茶更重要

公道杯

分出两杯茶

拿起,放下

放下,拿起

是手的姿势

是心的姿态

双照楼外的戏台响起

蒋调的《啼笑姻缘》

何时为某种乡音羞愧

何时为某种乡音着迷

逃离,返回

返回,逃离

是脚的方向

是心的方向

需要怎样的空间距离

需要怎样的情感温度

才能做到恰到好处

有多少人能够

作出正确的计算

空调渐渐温热
摘下掩饰的帽子
默默凝视彼此
"我们终于终于
也白头到老了啊"

脸上的表情
像两杯陈年的白茶
年份模糊
温热残留

暮色还未降临
满眼的天荒地老
沉沉复沉沉的水面
重重复重重的瓦楞

一块瓦片覆盖
另一块瓦片
如何保持
适当的距离和密度

也许暴雨和细雨
比你我更早知道

我们一直努力改写
某位诗人的某个结句
我们终于,终于没有彼此看低

舞鞋,两双或者三双

粉色的小手
紧紧拽住
粉色的把杆

时间的镜子照见
那个纤瘦的孩子

田埂上的脚
轻轻踮起,落下,踮起
如小鸟的脚尖
在细嫩的新叶上
轻轻跳跃,落下,跳跃

张开细长的手臂
如蝴蝶挽着蚕豆花
春风挽着你
河流与麦浪伴奏

一起轻盈，轻盈飞起来

泥土粘住脚尖的梦
两个孩子——拔起

一双立进柜子，抗拒沉默
破损、掉色
时光的缤纷藏进
洗得有些发白的颜色里

一双正在跳动，羞怯笨拙
像小兔、小松鼠、小鹿
懵懂的好奇
如鼓鼓的小肚腩
无法收缩、隐藏

时间的镜子复现
趴在门把上的眼睛渴望
钻进门缝的光线
夹在孩子堆里
笑成葵花的女人
笨拙梳理孩子们的发辫

舒展动人的皱纹

微笑等候另一重人生

徐徐拉开倒叙之幕

瓦楞草上的雪

你总是忽略
那远处的风景
桥、亭、塔
美得似乎过于不近人情
让人遗忘尘世和近处

瓦楞上薄薄的一层雪
仿佛是键盘上的字母
你的手指永远迟疑
无法准确地描述
你要表达的雪

记忆中的瓦楞草
是否被风雪掩埋
波浪线的缝隙里
你的世界总飘着
一层薄薄的雪

让你无法抵达
世界的另一面

瓦楞草上的雪
摇摇欲坠的洁白
令人想起一段友情
纯洁总是经不起许多考验
比如狂风和温度
比如时间和空间

玛丽珍鞋

记忆像丁子形鞋带上的搭扣
无论如何调节
也无法完美契合
当初的模样

玛丽珍复古款
崭新得找不到一点
复古的痕迹

买下一双还是两双
依然记得当年的鞋码
37 码和 39 码
6.5 码和 8.5 码

记忆像一把鞋刷
时时擦拭
黑白照片里的女孩

脸庞与鞋面一样鲜亮

你摩挲两双鞋面就像
摩挲《朋友之间》的封面
一个字与一个字之间的间距
阿伦娜与麦肯锡之间
何种神秘的力量
黏合她们之间的缝隙
像玛丽珍鞋带的搭襻
完美扣在左右脚的脚踝
她和她，鞋与脚之间
经受住了时间的磨损

笃笃——笃笃——
笃笃笃笃——笃笃笃笃——
两双鞋跟
同时或先后响起来
笃笃——笃笃——
笃笃笃笃——笃笃笃笃
两双鞋跟也许再也
无法渐行渐近

"液态"回叙

短发,宽沿帽
长发,贝雷帽
以两种形态
走进"液态"

仿真的海滩边
来自平原的女人
红色的裙裾旋转浪花
来自海岛的女人
褐色的风衣稳守陆地

面对一堆湿冷的镍币
一个发问
固态和液态之间
如何自由转换
一个沉默
实物与符号

如何合为一体

以什么样的姿态
回应"寂静回叙"
一个远观
蓝白之间的冷寂
拒绝红色喧闹的混合
一个抚摩
蓝白之间的线条
牵引漂泊迁移的缆绳

投影仪的暗房里
躺在海床上的人
女人还是男人
缓缓浮起
缓缓下沉

长发是愤怒的波塞冬
卷起的滔天海浪,天崩地裂
打碎万物
短发是百变的忒提丝
变成火,变成野兽,

隐匿水中

黑白光影交错
默片里的摩登时代
一切的一切
化成水中之水
她们，他们，它们
只是一滴，一滴，一滴
一滴滴水分子
从实体化为液态
以液态回到液态

有关汉口路的记忆

每一只蝉是否都在
寻找蜕下的壳
从洞穴还未爬到树上
迫不及待脱落于洞口或者树根
轻薄的空壳
是肉身还是灵魂的影子

多少城市有一条叫汉口路的街道
一个人有多少条难忘的汉口路
你的汉口路呢
三条或者二又二分之一

——题记

1

那么多宏大的公共记忆
我只忠实于个人记忆的记忆

仿佛一棵野草的种子
随风落入一座森林
不知如何拱出地面
无形的石头压着青春
变形的薄脆
一块易碎的苏打饼干

汉口路校门口的手指面包
治愈汉口路的迷惘与忧郁
伸开手指闻一闻
仿佛手指面包粘在唇边
依然残留豆沙的气味

青春的手指残留青春的味道
像豆沙必须滤去粗糙的皮壳
抛弃那些难以下咽的部分

2

坐在申报馆中的你
向日葵般转向
窗外的汉口路

另一个你
走下26路的终点站
快速飞离汉口路
涌进如潮的人群
狠狠拔出陷进缝隙里的细高跟
挤进几乎没有缝隙的渡轮

那时的你不太留意
海鸥、船舶、波浪
飞翔的姿势迷人的叫声
船舶与船舶的擦肩而过
波浪与波浪的温柔相拥

追赶时间的焦躁身影
无心游荡汉口路
最熟悉的陌生人

此刻又陌路相逢

汉口路的申报馆
雕花石膏天花板
满墙的黑白照片
如褪色的回忆翻阅
一页页历史复印件

时间的花朵定能结出果实
并非必然的因果逻辑
这一条汉口路
人生某个中转站
重要也似乎没那么重要

3

湖北的汉口只在
纸面里触摸过它
随着"水上灯"漂流
《水在时间之下》
水与时间无法让你
领悟先哲们的教诲

一个汉剧女演员
虚实交织的形象
教你懂得什么叫放下
干枯的说教如何抵得上
有血有肉的演绎

某一条路与某一时刻的生命
以独特的方式相遇,交叉,平行
一条路就是一棵树,一条枝丫
生命之树渐渐枝繁叶茂

那些凹凸的树疤、树瘤
先天的胎记或愈合的伤疤

如阴文和阳文

渐渐都刻成生命独特的印章

珍藏进时间与生命的月光宝盒

走过某条街道,你们会回忆什么

> "在上帝面前,在时间之中,
> 他们独特又珍贵。"
>
> ——博尔赫斯

1

街道如河

这一条是波澜壮阔的大河

注定会发生惊心动魄的故事

街道如树

这一条是最纯正的法国梧桐

树干上脱落的斑块如缺失的拼图

透着别样的风韵

街道如人

这一条注定是 gentlemen and lady 的气质

越来越国际范的高级模特脸

越来越国际化的心脏

每一条支弄里都藏着形形色色
杂烩而成的上海心

2

穿过斑马线
如白驹过隙

回忆是街道上的无轨电车
有些如绿灯一路通行
有些如红灯焦急等待
有些如黄灯暂停几秒

回忆是一家永不改变地址的老商店
现实是再也不会售卖你熟悉的东西

你看见自己年轻的身影
像织布机上灵巧的梭子
从这一头穿梭到那一头
像蝴蝶轻盈的翅膀扑向花朵
纤细的指尖是蝴蝶的触须

从这一件触摸到那一件

脖子像鹅颈伸向橱窗
眼睛弥补多重的匮乏
年轻的匮乏，匮乏的年轻
你的嘴角泛起莫名的表情

穿不下的衣服
岁月抛弃的青春
苗条渴望匮乏的满足
蝉再也找不回蜕下的衣

回忆是一帧帧修复的 4K 影像
回忆是压在箱底唯一
留下的黑底白花裙子

时间伸出宽厚的手掌
拍拍那个年轻的身影
时间发出宽容的嘟囔
多么匮乏可爱的年轻

3

眼角与脸的褶皱
复归如初生的婴儿

一家老字号食品商店
一家老字号西餐厅
仿佛左手与右手上
开始出现的褐色斑点

曼德尔施塔姆写道
"我回到我的城市,熟悉如眼泪,
如静脉,如童年的腮腺炎。"

时间如水,母亲似乳
水乳交融的回忆
弥漫着奶油气味
哈尔滨食品厂的奶油饼干
红房子的奶油蘑菇汤

(如今撂在冰箱里的一块块黄油或奶油
就像某些童年的魔方方块)

命运之手
过早收回了这位母亲的优雅
过早收回了她仅剩的一点 butter
过早给了她一个戛然而止的 but

多么希望这位从未谋面
又如影随形的母亲
像这条街道一直优雅
优雅到老

牛奶搅拌后的黄油
记忆搅拌后的回忆
浓稠的部分
黏连得化不开

拎着两袋哈氏饼干
浓郁的奶香
像襁褓包裹婴儿的周身
袋子上的广告语
Sweet memory, Sweet taste
勾起你温馨的回忆

两袋同样的份量

甜的轻,咸的重

咸的轻,甜的重

4

走过一座熟悉的建筑

他又一次谈起母亲

平静如常的语调

如海边的一块礁石

任凭海浪汹涌拍打

推着三轮车上的母亲

她恋恋不舍的目光

久久打量家门口的一切

"这一次也许再也回不来了"

四十六岁

丰茂蓬勃的年龄

停格在这座美丽的医院

黑白照片凝固她
不再变老的优雅

霓虹灯错落地闪亮
蓝色,忧郁的瀑布
白色,天使的眼泪
滴滴错落在我的脸上

淡水路备忘录

1

一条正在旧改的街道
就像一首无从修改的诗
新旧交替语义含混
语言无法跟上
快门按下的速度

一种时空错位的含混怪异
光头模特穿搭一条中式坎肩
长颈娃娃头顶一只怪异的帽子

一家店门紧闭的店铺
圆形窗上贴着"内有猛猫"
仿佛暗示店主"心有猛虎"

一台擦拭锃亮的缝纫机

萦绕昔日主人踩出的哒哒声
一辆酷炫的薄荷绿特斯拉
呼出青春清新的口气
一辆半旧的黑色摩托车
载着中年沧桑的沉默
两件晾晒的红色羽绒服
风中有一搭没一搭拉家常

眼睛扫描
现代街道上的无序排列组合
脑中浮现
传统古镇上的小桥流水人家

两者的本质属性
究竟有何不同

词语像悬铃木果子
脱离枝头的一刹那
悬在半空无所归依

2

一家馄饨面店
名叫呼哈 HUHA
呼哈呼哈像呼出温暖的口气
HUHA 呼哈只是一个语气词吗
墙壁上手绘的漫画
HUHA 醒目的 C 位

求助搜索工具
夸父乐队的一首歌词里的呼哈
某个英文歌里的 HUHA
每一代人的脑库里
收罗的秘密宝藏
像无法破译的接头暗号

呼哈的排骨汤馄饨
三块小排骨藏在碗底
表明店主的一种人生态度
"开一家温暖的小店
与温暖的人相遇"
碧绿的生菜和小葱

两颗红枣连接两颗温暖的心脏

呼哈呼哈呼哈

HUHA HUHA HUHA

像你我的呼吸一样不可缺少

呼哈 HUHA

像春天里徐徐吹来的和气，柔暖柔暖

呼哈 HUHA

像薄暮时分小酌呼出的口气，微醺微醺

呼哈 HUHA

像母亲撅起嘴唇吹出温热的哈气，不疼不疼

3

某个旧居是一条街道的核心灵魂
弄口的短暂停留
无法探访内部的隐秘

一对年轻人
两只刚展翅的鸟儿
要走过多少条街巷
才能觅巢栖息

挂着故居铭牌的咖啡店
白色纯净得像一家简易医院
咖啡豆躺在咖啡机里
像一张张微型的嘴唇
沉默抗拒碾压成齑粉

一杯深度烘焙的咖啡
从来没有如此深度的沉默
像一杯苦药
泯一口需要长久的缓释

你总是把一对拆解成两份

如雌与雄，男人和女人

如两个相交的圆之外多余的部分

无法像砝码公平地衡量

你总是把重心偏向一方

有些女人色彩缤纷

像复杂的谜团

像无法触碰的禁忌

像春天的花粉

过敏体质的人

不敢轻易靠近

脚步再也没有来时的轻盈

离开某个旧居

就像离开复杂的迷宫

就像逃离一团炽热

蔓延的火以免灼伤

请宽宥那些胆怯的逃避

那些携带着不安与恐惧的鸟儿

平衡双翼才能确保不会坠落

一条街道如细水长流
那些乞求安稳的街坊名字
藏着多少人的祈盼与渴望

你的观看无法捕捉
一条街道内心深处的灵魂
语言怎能客观准确描述
一个女人的一生
鲜活，丰富，复杂

搁置，延宕，沉默
也许是最合理的方式

漫步在这片区域

1

漫步这一片区域
就像鲴鱼洄游到
产卵的区域

已经无法怀抱的悬铃木
是否记得
植下幼树的手掌
第一次修剪的恐惧
何时长出第一个树杈

沉浸的回忆是
一张一合的嘴唇
如两片肺叶的气泡
翕动熟悉的空气

树皮上脱落的斑块
像遗失的拼图板块
逝去的纯粹和丰盈
慢慢落进回音壁
能否得到同样的回声

黎明前的梦无声裂开
像头顶上的悬铃木果子
会以何种方式重返大地

优美的提琴弧线
渴望又忐忑
无法预测未来的主人
脾性是否合拍它的弧线

如何校正错乱的节拍器
如何按住摆动不息的钟摆

"这个节奏完美的世界
最好不要看"
某个诗人在警告

2

摩登的陌生女人
不经意闯入镜头
黑胶唱片试听室
回旋一首爵士乐
时空重回旧时代

哦,FLAPPER
巴黎、纽约的"飞女郎"
上海的"飞女郎"
如缤纷的蝴蝶兰
飞满五月的街道

词语与词义就像
街道的面子与里子
该如何理解
生活的表象与本质

只需换个细密莲蓬头
生活就会洒出
超级细腻的柔情之水

燕舞广场的粉红汉堡店

一只漫威里的钢铁燕子

银蓝色的燕尾矗立在地面

像扎进地桩充电等待

粉色的羽翼张开

满血复活就拔地而起

聚集在半空中的塑胶乳燕灯

偶有几只在闪烁

仿佛含着泪花告诉母燕

它们幸运地存活下来了

零落在房顶或草坪的几只

像被遗弃的孩子东张西望

坐进一家粉色汉堡店

餐巾纸上的粉色句子

Skinny people are easier to be kidnapped

Stay safe have a burger

粉色包围的安全多么温柔
粉色的小狗,粉色的食盆
汉堡是粉色,骨头是粉色
粉色的涂鸦狗形镜子

粉色粉色粉色粉色
粉色粉色粉色粉色
粉色涂改童年的黑色

粉色的樱花飘进
粉色的咖啡杯
粉色的钢铁燕子
开始飞离地面

小林一茶诗集的再版封面
纯白色包裹红色的小不点
红衣红帽红围巾的孩子

粉色的小狗镜中晕眩
变装成一个粉嘟嘟的孩子
分离、死亡和黑夜的哭泣
统统换成粉色的糖浆

苏绣《蹁跹》

——致敬绣画家们

多年前参观一座乡绅住宅
左边书房,少爷的纸墨笔砚
右边绣房,小姐的针线绣绷
历史像校准仪校准
他们/她们的偏离的跑道

该对这样自古以来的秩序
这样的历史布局和安排
不置可否还是褒贬分明

美从来没有那么简单
背后的运行逻辑
既简单又复杂
材料、工具、性别
还有许多秘密不可言说

她偏不信

历史已经规定了艺术的秩序

她偏不信

一块丝布怎敌得过一方画布

她偏不信

斑斓的色彩会被抹成空白

剪刀绞断丝线

如剪下三千烦恼丝

拿起针线

她就是掌管时令的羲和

拿起针线

她就是掌管百花的东夷

针线是她们的工具

绣绷就是她们的舞台

花鸟虫鱼俯首听命

听凭指尖精灵的调遣

想象大师的暮年

蝴蝶纷纷缠绕

她指尖的氤氲

飞落她的脸上

像一枚枚印章

也像一枚枚勋章

再也磨灭不掉

未完成的诗人形象

——致宋清如女士

你的人生自某个阶段开始
成为了折叠错误的蛋白质

你是否听信了某些评判
折叠了自己的语言之光
折叠了另外一段重要时光
折叠了另外一个孩子的光

你只展开你
觉得重要的部分
著名翻译家的另一半

可以逃离故乡"栏杆桥"
却无法逃离心中的栏杆
无形的栅栏是有形的皱纹

爬上你原本清如满月的额头

你是否尝试在荧屏
打开折叠的你——
未完成的诗人形象
你是否想努力修正
那些不该折叠的部分

强光的部分
阴翳的部分
谁是重要的
谁是次要的

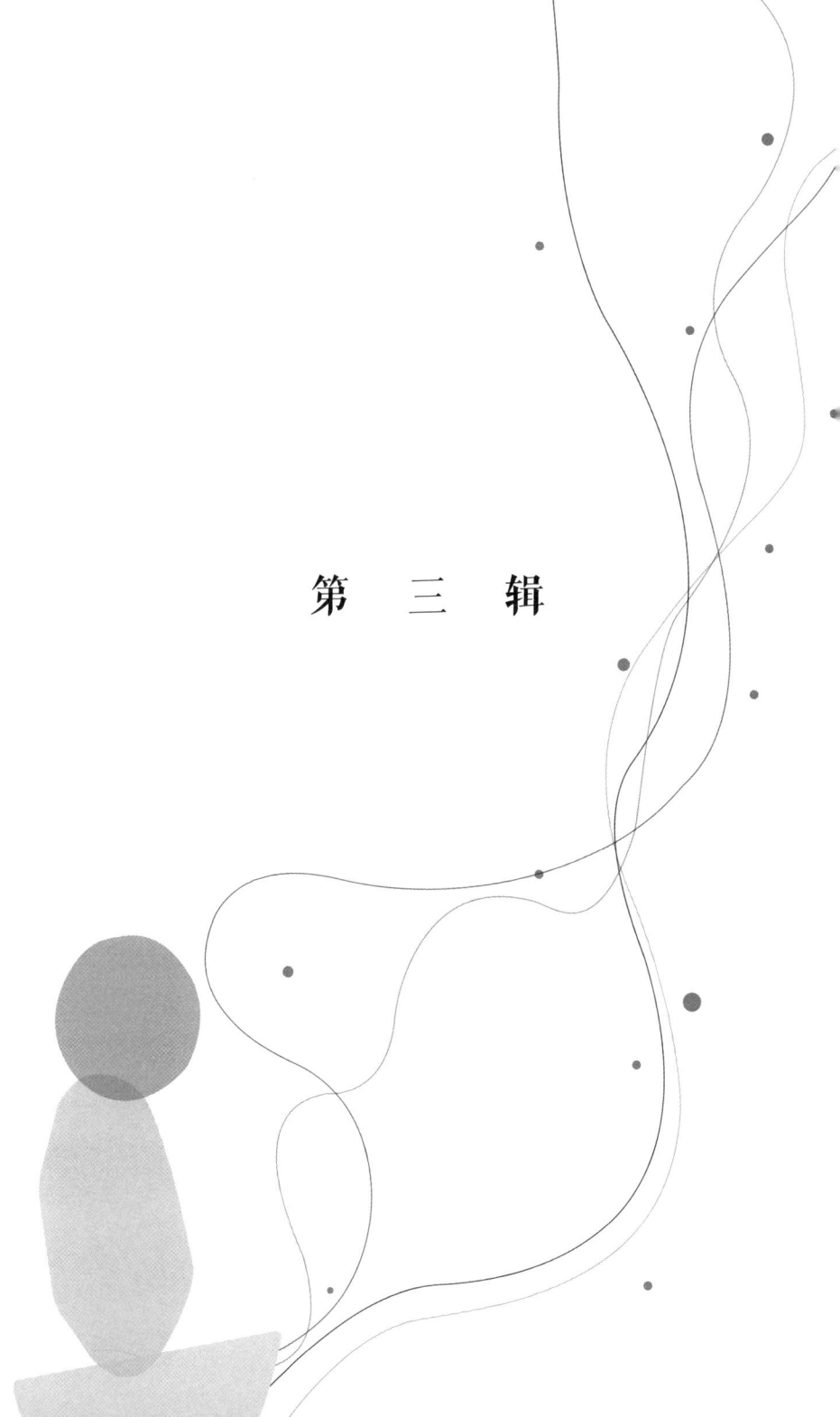

第 三 辑

迟到的阅读:《青春咖啡馆》

哲学家的头颅
总想从克罗弌的纺锤里
抽出不同的线条

坚硬线是否如钢的线条
柔软线是否如水的线条
逃逸线是否如风的线条

莫迪亚诺的解谜之线
如何揭开"露姬"之谜
她像风一样逃逸,消失
把黑色的部分还给黑夜

青春的滋味是什么线条
幸福的味道是什么线条
是否像法语发音的声线一样优雅
是否如汉语的抑扬顿挫一样和谐

"您找到您要的东西了吗"

Vous avez trouvé votre bonheur ?

(您找到您的幸福了吗)

帕斯卡·基尼亚尔的《音乐之恨》

一架二手"鹦鹉"牌手风琴

蹲伏在碟片柜前

金色的鹦鹉早已不再学舌

琴箱的褶皱布满时间的灰

琴键上的中央 C

藏身于白色圆点中

安静,沉默

无意还是故意

她偶尔踢一脚

过时又笨重的"鹦鹉"

偶尔生出不该有的念头

让一张五线谱失踪

想象他脸上的表情

CD 柜前不再年轻的面影

对着 CD 柜里永恒的面影

一台过时的"小妖精"
释放永不老去的魅惑之音

音乐是她和他的序引
和声中掺杂着不协和音
柔板的乐章到了休止符
必须按下变奏的暂停键

帕斯卡·基尼亚尔的《音乐之恨》
代替她沉默的部分
帕斯卡·基尼亚尔的《音乐课》
代替她沉默的另一部分

谁害怕弗吉尼亚·伍尔芙

那么多街景滑过
电线杆上的广告
意外闯入眼帘
《谁害怕弗吉尼亚·伍尔芙》

你再一次混淆
真实与虚构的边界
谁害怕弗吉尼亚·伍尔芙?
谁害怕弗吉尼亚·伍尔芙?

日记封面上的您优雅
坐上掀开的蓝色贝壳
像一个巨大的隐喻

日记始于第一次世界大战:
"我们在新年的钟声中彻夜未眠
起初我还以为它们是为胜利而鸣"

终于第二次世界大战还未结束
"每个人都迎风屹立,挨着冻,沉默不语,空留躯壳"

如何安慰您的自我怀疑
"停笔吧,你写得只能算一般"
如何接受您违背的诺言
"以最好的方式度过这段时光
带着飘扬的旗帜沉落"

"橡子散落在路面
揭示促使它们枯萎的神秘法则"

害怕自己变成一头羊被自己吞噬
您是否计算过口袋里装多少石块
才能沉没你沉重不朽的灵魂

"我该去做这条黑线鳕鱼了"
黑线鳕鱼也无法改变您
接纳生命的严酷吗?

身份不明的女人

每一次来到这个街区
总有团团疑云相随

您也许从未来过
这座摩西会堂
那么多晦暗不明
就像您灰色的眼眸
灰色的自然卷发
高挺得有些突兀的鼻梁

每一次走进这座纪念馆
就有团团疑云围绕

那座"风雨同舟"的雕塑
一位年轻的母亲
一手撑着一把伞
一手张开,迎向

抱着玩具小熊的小女孩

您的梦中是否做过同样的梦

五月丛生的矢车菊明亮

仿佛人世再也没有阴暗

那些晦暗不明疑团丛生的生命

却再也没有机会明朗起来

"矢量"咖啡已经凉了

漂浮在表面的那颗"心"

变得模糊破碎

TO BE TO UP 存在且向上

红色的箭头

像穿着红色长裙的女人

身份不明的女人啊

多想为您写首诗

可是该如何填补

不甚明了的部分

即使放大或缩小

也能像"矢量"一样

不会让您失真

契诃夫的弧线

之一《海鸥》

特里波列夫撕着花瓣
测算母亲的爱
爱我,不爱,爱我
不爱,爱我,不爱
如何用撕碎的花瓣
拼接心瓣的裂隙

我们最爱的占卜
"鱼仙人"能否竖起
心底默许的某个愿望
1,2,3,4,5
数数就是数奇迹

世上有多少相似的占卜
人心和命运

如果能用占卜测算
世界该多么易如反掌

"人,狮子,鹰和鹧鸪,
长着犄角的鹿,鹅,蜘蛛,
居住在水中的无言的鱼,
海盘车,和一切肉眼所看不见的生灵"
……
你听见尼娜在背诵

就像帕西诺的女友
在亲密的夜晚倾听
他读麦克白的台词

要经过多少分叉的歧路
我们才能像尼娜
对特里波列夫说出
看似简单的道理
不是……,而是……

"而是"多么艰难的转折

如果契诃夫还活着
一个很少走进剧场的人
如何恳请剧作者
把那只海鸥复活

之二《没有父亲的人》

你一直没有打开
《没有父亲的人》

原稿无剧名
有个导演看到台词
"普拉东诺夫在痛"
以男主角为剧名搬上舞台

普拉东诺夫在痛

你有同名的剧本
却迟迟无法写下
第一句台词

螺旋桨茶几

茶几立柱上的十字螺丝钉
像球状仙人掌的刺
间距排列得无与伦比

轻轻地抚摸茶几
如抚摸制造者的手
久久端详这茶几
是否就能窥探
制造者的心灵秘密

黑色的螺旋桨
早期哲学家的复制品
如果不是把它置于茶几中
螺旋桨叶是否会转动起来

茶几、螺旋桨
螺旋桨茶几

所有，所有的工作
都是"排除困扰的工作"

散尾葵风中摇曳
龟背竹纹丝不动

沉默螺旋，螺旋沉默

微物之神——洛伊啊洛伊

久久，久久凝视你

微微卷曲的头发
粘着羊水的羊羔毛
精致的五官
猫头鹰的眼睛
难以描述的肤色
燃烧着某种炽热的秘密

惊艳不凡的出手
像一枚处女蛋，带着血渍的斑点
更像一头牛犊，粘着初生的黏液

洛伊啊洛伊
珍珠般的牙齿
火热的舌头
却吹不出

甜蜜洁白的泡泡糖

多血质的炽热之手
如何编织
华美端庄的"沙丽"
鹰隼般的阴郁之眼
如何捕获
诡计多端的敌手

你注定无法成为
一名"零度"的作家
您的"微物之神"注定
燃烧、沸腾、直至升腾

另一些肖像

> 世界观的匮乏是地理知识的匮乏
> 女人在视频里侃侃而谈
> 我应该对地理知识的匮乏感到愧疚吗
> ——题记

肖像之一　黑铁梅

"老师还记得我吗?"
声音与脸庞跳进镜头
时空与记忆,仿佛
只隔了一层薄薄的屏幕

怎么能轻易忘记
我们教过的第一个喀麦隆姑娘
以貌取人的俗套令人生厌
无论如何无法忽略你
雕塑般的体形

天生还是刻意地保持

黑色绸缎般的肌肤

不着痕迹的妆容

时尚精致的打扮

你似乎早已懂得

得天独厚的外在无法赢得

那种源于内在的持久尊重

经历时间之手

多少严苛的锻打

内在的璀璨

才能匹配外在的光芒

红色碎花的斜襟衣服

麻花辫扎着一根红头绳

飘洋过海的洋铁梅

"都有一颗红亮的心"

夹杂着异域的京腔京韵

黑里俏的洋铁梅

征服每一个中国心

舞台上的高光渐渐淡出
掌声的潮水渐渐消退
"黑铁梅"
像手机里的照片
大都成了隐匿的存在

约定俗成某种边界
友好而不越界

不知道她何时
离开我们的城市
不知道她何时
步入世俗生活的轨道
无人知晓她
何时跌入又如何度过
生命中的至暗时刻

"法国时间现在是凌晨两点"
白天交给工作
晚间交给孩子
只有凌晨时分

才能接续折翅的梦

凌晨的星空
"黑铁梅"绽放
铿锵、坚韧、丰盈
别样又同样
你又开始闪耀

肖像之二　布里亚特男孩

偶尔我会疑惑地看着
一张熟悉又不熟悉的人脸

布里亚特，布里亚特人
你一定听过《贝加尔湖畔》
布里亚特语 baigal dalai

再一次窘迫于地理知识的匮乏
再一次为自己的摇头感到羞愧

有些湖似乎应该属于青春
比如李健的《贝加尔湖畔》

语言阻碍某些交流
如何描述
贝加尔湖迷人的湖面
湖中保留着的第三纪淡水动物
贝加尔海豹、秋白鲑、奥木尔鱼、鲨鱼
还有贝加尔湖中
永眠湖底的生命

最温暖的交谈部分
永远是母亲和食物

我妈妈也是一位老师
语气渗透微微的体谅

怎样做出一道地道的罗宋汤?
提问者随意地提问
布里亚特男孩停顿了一下
妈妈的罗宋汤
特别地道的味道
甜菜,一种特别的甜菜

写一道你妈妈味道的
罗宋汤食谱吧

收到了一份俄文和中文
图文并茂的手写食谱

你至今无法做出一道
布里亚特男孩妈妈的罗宋汤

我无法找到他提到的那种甜菜

我该为无法兑现的一张食谱羞愧吗

肖像之三　马达加斯加的座头鲸

来自马达加斯加的女孩
长着一双鲸鱼般的眼睛

一张张证书如一摞摞瓦片
覆盖你追寻的梦想屋顶

没有一点预兆和暗示
命运之手击倒打水房中的她
多少炽热的手掌再也无法
激活她的渴望之心

马达加斯加的女孩
像一条尚在生长的座头鲸
以一种特殊的方式
洄游到马达加斯加的海域

依然会生长超长的胸鳍
发出复杂而迷人的叫声

请乘着歌声的翅膀

为她编织并戴上一顶
马达加斯加的茉莉花冠

你鲸鱼般的眼睛
与海浪一起闪耀

肖像之四　印度女子

时间无法淡化那些印度女子的面容
就如画在你手掌和额上的美丽图案
《大篷车》中的《你来自何方》
记忆银幕里从未落幕

"法姑",最后一帧压轴
长相俊俏的印度女子
《微物之神》洛伊的孪生姊妹
微微卷曲的黑发浓密藏着
藤金合欢的叶子、豆荚和树皮的味道

手机里的合家欢
紧靠英俊的丈夫
法姑迷人的微笑
露出一口珍珠白
清澈的眼睛似乎隐含
某种无法言说的幽暗

照片的背后似乎藏着
某种无法吐露的隐忧

某种无法言说的空白

"规定谁应该被爱
如何被爱,以及得到多少爱
……
在大神的律法下边界不可逾越"

多么希望她携着
逾越边界的爱
像彩色魔毯中的弓箭
带着无尽的力量
拉满弓,向着靶心
射向义无反顾的爱

致西贡妈妈——玛格丽特·杜拉斯

铝皮咖啡过滤器

总让人想起

我们曾经携带的铝皮饭盒

坑坑洼洼凹凸不平的表面

藏着难以清洗干净的污垢

热带亚热带的植物与图案

铝皮底部的过滤眼排列细密

白色的炼乳铺设在底部

咖啡再苦也有了基本底气

越式滴漏咖啡

混合着法式痕迹

时间缓缓过滤杂质

提取纯粹的提神之液

滴滴滴—滴滴滴

滴滴—滴滴

滴—滴—滴

滴成雨季滴成决堤的太平洋

抵挡太平洋堤坝的女人啊

心意难平如决堤的太平洋潮水

还有哪个女人比她更勇敢

跳上一辆卡车

与司机聊了一小时二十分钟

难道仅仅只是一次疯狂的冒险

一次写作的行为艺术

隆隆向前的车声

淹没碾碎

一个阶层的声音

《毁灭，她说》

您在毁灭里涅槃重生

《八〇年夏》

咖啡馆是理想的地方

三法郎可以喝杯浓咖啡

可惜饮料托拉斯的老板们
取消了咖啡

星巴克还是西贡妈妈
就像中心还是边缘
选择困难症者
有时一点不困难

点一杯越南滴漏咖啡
与您和您的昂代斯玛先生
享受虚构的《平静生活》

无论何种向往的生活
现实往往都很难抵达

"烟花"台风

台风"烟花"
威力远不如
《她比烟花寂寞》
掀起的狂风骇浪

另外一个名字：狂的大提琴
疯狂，扭曲、凋零
就如"烟花"的中心漩涡
疯狂地吞噬
世界上所有的存在物

杰奎琳是一股强大
不可抗拒的潮水
她灵光乍现的潮水
携卷着所有的亲人

她比烟花寂寞

也像烟花陨落
她演奏的大提琴
是埃尔加的《谜语变奏曲》
第十三变奏曲中的女主角
充满歧义的争议

铁锈色地带的"关键像素"

像一只不再年轻的海鸥那样
在一棵构树的枝条上闲庭信步

电线杆上的街头海报
一张张存进关键像素
布莱希特的鬼魂
朱丽叶与罗密欧
奶酪圆舞曲
芝士哞哞

拉瓦萨咖啡店飘出
"威尼斯协奏曲"
嘴唇靠近蓝色的咖啡杯
慢慢啜上一口
缓缓咽下"理智与悲伤"

Ciao-Ciao-Ciao

瞧—瞧—瞧

如何唤醒托马斯·曼那朵

凋零于威尼斯的时间玫瑰

Ciao—Ciao—Ciao

桥—桥—桥

是否应该抵达一次 young 剧场

像一只重生的蝴蝶

触须紧紧地嗅闻

春天的植物与花朵

铁锈色与咖啡色之间

有着怎样细微的异同

又见棕榈,又见棕榈

1

树顶上一双双紧密相连的巨大手掌
执着蒲扇的巨人向你纷纷招手
许多粗糙的手掌向你涌来
永不消逝的手印刻在心上

树干上一张张粗糙的黑褐色鳞片
年复一年穿上层层叠叠的外衣
像一层层黑色纱布包裹住身体
选择幽暗拒绝光的照射
却被人一层层剥下
有些成为棕绳的一部分
承载人类最原始隐秘的部分

2

凝视者企图跨越真实的边界
觊觎或者抵达虚构的世界
密西西比河边的野棕榈
与目之所及的棕榈有何区别呢

她和他的手掌应该
安放在他们应该安放的地方

为了某种盲目的东西
她本应照料孩子的手
却捏出了各种各样

奇形怪状的人像和动物
他本应拿起手术刀
就像熟练地拿起刀叉一样的手
却在打字机上敲打低俗的故事

"棕榈扇叶突然狂乱地摇曳起来
发出低沉连续的沙沙声响
在黑夜里既狂躁又委顿

在悲痛的存在与不存在之间
选择悲痛的存在"

野棕榈是否就是
本不应该连接在一起的野手掌

试着理解庞大的植物科目下
数量繁杂的不同分支
有些植物就如有些手掌
永远无法预料掌上
错综复杂的命运线
有些植物就如有些幽暗
很难抵达光亮的黑暗谜团

"我们手连手跟从你们
双眼看向你们纯净而苦涩的光芒"

虚拟的旅程和礼物

——致帕蒂·史密斯

想象摇滚教母
邀请并允许我
坐上她的时光列车
在《时光列车》的 360 张图片中
可以挑选 15 样以内的东西

那么多咖啡馆
但丁咖啡馆和雨果咖啡馆
必须同时勾选
皇后亭酒店、伦勃朗旅社
犹豫不定

一间理想的书房需要
罗贝托·波拉尼奥的椅子

席勒的桌子

赫尔曼·黑塞的打字机

化妆舞会需要

佛里达的裙子

弗吉尼亚·伍尔芙的步行手杖

还需要个喜剧面具

迟钝的耳朵也需要一些唱片

疯帽子

再见旧外套

敏捷狐狸

饥渴的灵魂更需要

我在餐巾纸上复写

维特根斯坦的火钳

川芥的齿轮

整个世界是一张宽阔的纸

他的蘸水笔蘸进了墨汁般的黑夜

仿佛要写一首永无止境的俳句

如果继续选择礼物

就无法坐上她的时光列车

在虚拟的礼物和旅途之间

你会犹疑不定还是坚定不移

复录是枝裕和的某些瞬间

复录有时就像透视

某些灵魂的 X 光片

小学的毕业纪念册上

是枝裕和曾写过

最热爱的电影是《日为吾兄,月为吾妹》

超级硬汉查尔顿·赫斯顿讲述托钵修士的故事

奥利维亚·赫西的《特蕾莎修女》

狗脸岁月

无语问苍天(JOHNNY GOT HIS GUN)

电视剧《萝卜花》

向田邦子的宛如阿修罗

空中的羊

落语家

小栗康平的《泥之河》(宫本辉的小说)

(银子会把手插进暖呼呼的米桶里感叹:好幸福啊!)

人生,从来只是人生而已
孤单地滚落在路旁,等待你去拾取

复录某些局部灵魂
是你的局部被俘虏

该如何像他一样
步履不停地去拾取

阿巴多的四十秒静默

最后一个音符

随着指挥棒缓缓落下

两颗穿越时空的灵魂

仰头凝视中缓缓上升

四十秒的静默

两颗灵魂

如沉默千年的巨石

四十秒的静默

两颗灵魂

如夜空中的星星永恒闪耀

四十秒的静默

两颗灵魂

虔诚地为彼此祈祷

早春

——致佩内洛普·菲茨杰拉德

这样的开头

是您多少次反复掂量后的定夺

还是灵光乍现的闪电

您是否还用您的理性

抹平了褶皱里

泛起的一丝得意

一个忠实的阅读者总是

格外注意微不足道的细节

惊讶于您如何捕获

(比如1913年,从莫斯科到查令十字街,在华沙换车要花十四英镑三便士和两天半时间)

如同猎手面对猎物

精准得分毫不差

您透过历史层层叠叠的镜子

依然能看到他们／她们的呼吸
哈出早春的微寒

设计1913年这个时代背景
难道仅为了托尔斯泰
串演一个看似并不重要的角色
设计一座私人印刷厂
难道只为了一本《白桦的思想》
看似一本无足轻重的诗集

多么想读懂您
就像您读懂"蓝花"诗人
奔走在寒夜里的那一声
那一声刺破苍穹的呼喊
"在费希特的哲学体系里
没有爱的位置"

桦树想的是什么呢?
它们思考的方式和女人一样
桦树在春天的风里摇摆
就像女人的身体随心而动

"春天最明显的迹象是抗议之声
那是冰融解时水发出的声音"

要化解多少内心风暴
才能拥有您那样
慈祥的面容
平静的皱纹

请随身携带你的"灵魂布袋"

一次多么深长的疲倦,仿佛空气也得了间歇性的缺氧。

湖水的涛声,仿佛马里亚纳海沟的巨鲸降落于此,野鸭追啄浮鱼,湖中银色的圆环如指环王的魔戒,此刻也失去了魔力。

那么多熟悉的野草,清新得如世界一尘不染,如刚出生的羊羔和小白兔,你的左手再也挽不起一只竹篮,握不住一把镰刀。

光线跟着时间疲倦得闭上眼在打盹。鸟巢也疲倦得摇摇欲坠,鸟儿觅食忘了归家的轨迹。

一支黄花也停止了最野蛮的侵略性繁殖,血液似乎凝滞成了水鸡顶上的鸡冠,却无力游动。那么多优美古典的意象,却只看见杉树下,成千上万条疲惫的眼睫毛,不再眨眼。

杉树的根部，那些隆起的部分坚硬得如形态各异的岩石，这些奇形怪状的疙瘩与杉树有着怎样的关系？

在树下积水严重或者是土壤过于紧实，杉树根系缺少氧气，无法正常呼吸，就会通过细胞分裂冒出地面，形成各种形状的气根帮助自己呼吸，于是就有了这些有趣的疙瘩。

自然永远是最伟大的哲学导师。

打一个水漂，石头沉入河底。
捡起一片黑色的羽毛，轻吹一口气，却无法如燕子那般轻盈划过水面。

河对岸的巨大风车疲惫地旋转，唐·吉诃德也理性地放下了长矛，再也不会以为是魔法夺走了他的书房，把巨人变成了风车。

从随身携带的"灵魂布袋"总会躺着一本诗集，此刻的灵魂多么需要《语义与营养》的滋养。

亲爱的，亲爱的生活

亲爱的
你是否知道一株水稻
何时开花、授粉
又如何抽穗、结谷

亲爱的
你是否知道一朵夜饭花
何时打开花瓣
又如何合拢花蕊

亲爱的
你是否凝视过一枚松针
何时脱落松枝
又如何坠落草丛

亲爱的
你是否凝视过一滴露珠

何时在草叶间闪耀

又如何在光线下消隐

亲爱的

你是否愿意等待

一朵云从一个房顶飘向另一个房顶

你是否愿意等待

一次缓慢的日出和完整的日落

亲爱的

你能否像宝莉一样

把《万箭穿心》改写成《亲爱的》

你能否像门罗一样

把黑暗的阴影转化成《亲爱的生活》

我们所有人,我们所有人

是否愿意

发自肺腑地说出

亲爱的,亲爱的生活

致切斯拉夫·米沃什

一丝不苟的头发
杂乱丛生的眉毛
鹰隼一样的眼睛
叼着烟斗的嘴角
为何垂着,仿佛
您还在为您的穿着
白衬衫打着领带生气

烟味弥漫忍冬的气息
如此幸福的一天
"尘世中没有什么我想占有"
尘世中的我们是否珍惜
您赠与我们的礼物

读 W·S·默温《黑板》及其他

第一次拿起粉笔的忐忑
板书并不令人难堪
轻轻揉搓指尖的粉尘
就像儿时揉搓糯米粉

默温写到他父亲
戏称那些不作为的罪
父亲的反应究竟是
愠怒的宽容
宽容的愠怒

衣扣里生锈的白兰花
香味丝毫没有减损

黑格尔说花朵否定了花蕾
果实否定了花朵
你对"否定作用"表示肯定

无花果是花朵的真实形式

把橘子石榴变成像素
是对无作为的那些罪
表示否定还是肯定

一场"偶性生命"的展览
入口紧闭拒绝偶发性观看
头脑里的某种分蘖
就像植物的晚期分蘖
被称为无效分蘖
是否也是一种不作为的罪

读奥尔罕·帕慕克《纯真物件》有感

你该感谢命运
还是感谢自己的天性

微不足道的断简残篇
像孩童的纯真物件
缺了胳膊的公主
断了腿的王子
没有火车头的火车
不会下蛋的电子母鸡
无法旋转的木马
破碎的零食罐子
褪色残缺的照相簿

你该感谢命运
还是感谢自己的天性

在人生最为重要的时间

逃脱了塞壬歌声的诱惑
免遭西西弗斯般的无望
芦苇之头怎会自然分泌
灵魂和精神的深刻奥秘
自然无权收获某种报偿
时间之水与人类的泪水
两滴永恒交织成的结晶

镜中瑕疵（代跋）

有些诗
像憋劲产下的处女蛋
残留着血污和草屑

有些诗
像错过了时令的蔬果
被急切的种植者催熟

有些诗像是浮萍
始终漂浮在水面
无法落地生根

有些诗像儿时的零嘴
时间摇动一台爆米机
形态蓬松已无法还原成米粒

有些诗像隐藏的游戏副本

为了进入正门
只能钻进暗门练习打怪

你依然无法舍弃它们
就像无法舍弃
镜中脸上的瑕疵